*Für meine Mutter, meinen Vater
und für Peter*

Erol Alexander Weiß wurde 1961 in Speyer geboren. Nach dem Abitur lebte er für einige Zeit in Paris. In Heidelberg studierte er Romanistik, Germanistik und Geschichte. Nach seinem Magister lehrte er zwei Jahre praktische Theaterarbeit an der Universität. Im Hauptberuf leitet Erol Weiß Volkshochschulen: von 1992 bis 2008 die vhs Eberbach-Neckargemünd und seither die vhs Karlsruhe. In seiner Freizeit hat er gemalt und Theater gespielt. Heute tanzt er leidenschaftlich gern Tango argentino und schreibt Kurzgeschichten; seine erste erschien 2006 in der Anthologie „Ladykillers" (Lerato Verlag). „Volkshochschultango" versammelt 20 bisher unveröffentlichte Geschichten aus den letzten drei Jahren.

Erol Weiß

volks
hochschul
tango

Kurzgeschichten

Lindemanns Ⓛ Bibliothek

Ich danke Heidi Brang, Frauke Gewecke
und Karina Odenthal für ihr inspirierendes
und kritisches Lektorat.

Lindemanns Bibliothek
Literatur und Kunst im Info Verlag
herausgegeben von
Thomas Lindemann

Titelfoto: www.photocase.com (Jutta Rotter)
Autorenfoto S. 2: P. Zechel

Bibliografische Information der Deutschen Nationalbibliothek
Die Deutsche Nationalbibliothek verzeichnet diese Publikation in der
Deutschen Nationalbibliografie; detaillierte bibliografische Daten
sind im Internet über http://dnb.d-nb.de abrufbar.

1. Auflage © 2010 · Info Verlag GmbH
Käppelestraße 10 · 76131 Karlsruhe
www.infoverlag.de

Lindemanns Bibliothek · Band 104
ISBN 978-3-88190-591-6

Inhalt

Vorab 7

Deutsch für Anfänger 9

Die Vogelkundlerin *oder* Der Preis der Freiheit 14

Alibi 22

Schröders letzter Gang 28

Nachtschicht 40

Stella und Gretchen 47

Bärlauchtrüffel 54

Fliegen wie ein Igel 65

Paris – mon amour 73

Tango mortale 83

ABC 91

Nacktwanderer 97

Kurskorrektur 106

Jazz 113

Fehltritt 119

Die Ausgeräumten 126

Die A-Saite 132

Ulmer Fenstersturz *oder* Qualles Vermächtnis 139

Schmetterling 146

Auge um Auge 152

Vorab

Der Autor kennt sich aus im spannenden Kosmos des all-umfassenden und lebenslangen Lernens: er leitet eine vhs. Seine short stories ranken sich je um eine kleine Anekdote, wie sie sich so (oder natürlich auch völlig anders) an einer Volkshochschule hätte ereignen können. Die Geschehnisse sind frei erfunden, und Ähnlichkeiten mit lebenden Personen und tatsächlichen Vorkommnissen wären zufällig.

Mit seinen heiteren, komischen, spannenden, manches Mal sogar kriminellen, nachdenklichen und skurrilen Geschichten vermittelt er die tragende Idee der vhs: Man lernt nie aus.

Dass Bildung nicht schadet, wird man nach der Lektüre der folgenden 150 Seiten nicht mehr unbesehen behaupten können, erzählt doch bereits die erste Geschichte von den ungeahnten tödlichen Folgen eines Sprachkurses. Andere handeln von den amourösen Abenteuern so mancher Literaturseminaristen, von einem hinterhältigen Mord an einem Professor der Önologie, von sterbenden Hausmeistern und überforderten Dozentinnen, von Hunden, Vögeln und vermeintlichen Igeln, von einem tragischen Unfall in Ulm und einer ganz besonderen Studienreise nach Paris, von lästigen Mitlernenden und verhinderten Modellen, von der Macht der Musik und des Alphabets, von betrogenen Betrügern und beschnittenen Rosen.

Bei aller inhaltlichen wie stilistischen Vielfalt handelt es sich bei den vhs-Erzählungen um kein beliebiges Sammelsurium kurioser Vorfälle, sondern um eine wohl durchdachte Anthologie. Der aufmerksame Leser wird feine Linien entdecken und anregende Verbindungen von der ersten bis zur letzten Geschichte.

Dagmar Mikasch-Köthner
vhs Stuttgart

Deutsch für Anfänger

Der Mann beugte sich über den leblosen Körper. Er konnte ein würgendes Grunzen nicht unterdrücken und räusperte sich. Eberhard war von kleiner Statur, nicht einmal einen Meter sechzig groß. Hingegen ging er deutlich mehr in die Breite. Er hatte sich einen Bierbauch angesoffen. Auf seinem nackten Oberkörper kräuselte sich ein rötlicher Pelz bis zum Hals hinauf. Über Schultern und Rücken zog sich das Fell bis zum fetten, teigigen Hintern hinab. Die viel zu engen, graugrün karierten Shorts bedeckten kaum das Gesäß. Seine Haut war von Hunderten Sommersprossen und winzigen Leberflecken übersät.

Die glasigen Augen sahen auf das, was von Mai Tais Gesicht geblieben war. Ihre Lippen hatten sich zu einem Lächeln geformt. Aus dem rechten Mundwinkel floss Blut und tropfte auf den Teppichboden. Die linke Gesichtshälfte hatte ihre einstige Ebenmäßigkeit verloren. Stirn, Auge, Nase und Wange waren zermatscht: ein einziger Brei aus Fleisch, Blut und Knochen.

Mai Tai war ein hübsches Mädchen gewesen. Vor einem Jahr hatte Eberhard sie aus Bangkok, der Stadt der Engel, kommen lassen. Er entdeckte sie in einem Katalog, den er von der Agentur erhalten hatte. Er zahlte bar, was der Vermittlerin nicht gefiel. Aber sie wollte das Geschäft abschließen, und Bargeld ist besser als ein ungedeckter Scheck.

So kam Mai Tai an einem Januartag nach Frankfurt am Main. Schnee lag auf den Straßen. Eberhard holte sie mit seinem Manta vom Flughafen ab. Sie ließ sich ihr Entsetzen über die Hässlichkeit des Mannes nicht anmerken. Ein Lächeln flog über ihr Gesicht. Sie freute sich, der Armut in Thailand entkommen zu sein und hoffte, in Deutschland arbeiten zu können, um ihre Familie zu unterstützen, die noch auf dem Land in der Provinz Changwat als Kleinbauern lebte.

Erst einmal würde sie Deutsch lernen. Schon mehrmals war sie im Rotlichtviertel Phat Phong deutschen Männern begegnet. Die Alleinreisenden trugen ihre Bierbäuche wie Trophäen vor sich her und waren kaum größer als sie selbst. Die Männer, die mit ihren Frauen oder der ganzen Familie Urlaub machten, überragten die Einheimischen auf erstaunliche Weise.

Zu Hause angekommen, zeigte Eberhard ihr die Küche und wies auf den Kühlschrank. Er nahm sich eine Flasche Bier, setzte sich vor den Fernseher und griff sofort nach der Tüte Chips, die noch vom Vortag auf dem Couchtisch lag.

Mai Tai war eine intelligente Frau mit schneller Auffassungsgabe. Rasch fand sie sich in der Küche zurecht. Mit den vorhandenen, ungewohnten Lebensmitteln bereitete sie ein schmackhaftes Essen zu, das Eberhard zu munden schien.

Das erste gemeinsame Mahl nahmen sie im Wohnzimmer ein. Sie sprachen kein Wort. Eberhard glotzte auf den Bildschirm. Autos flitzten in einem derart atemberaubenden Tempo über die Mattscheibe, dass man sie kaum erkennen konnte.

Die Nacht verlief so, wie Mai Tai manch andere in Bangkok mit deutschen Männern erlebt hatte. Es dauerte nur fünf

Minuten. Dann rollte er von ihr herunter, schlief ein und schnarchte. Mai Tai weinte lautlos.

Morgens, wenn er zur Arbeit musste, schloss er sie ein und kam erst abends zurück. Mai Tai machte die Hausarbeit und kochte. Sie hörte Radio und sah fern. Auf diese Weise schlug sie die Zeit tot und versuchte Deutsch zu lernen. Das ging einige Monate so, bis es Eberhard leid war, nach der Arbeit auch noch einzukaufen. Das ist Frauenarbeit! Er gab ihr wohl oder übel einen Schlüssel, damit sie sich darum kümmerte.

Mai Tai freute sich herauszukommen. Sie ging mit scheuem Lächeln durch die Straßen und bekam häufig ein freundliches Nicken zurück. Sie wünschte sich so sehr, Deutsch zu lernen. Sie wollte mit den Menschen reden. Zufällig führte sie ihr Weg zu einem Gebäude, vor dem Menschen verschiedener Hautfarbe standen. Eine Thai lächelte sie an. Schnell ergab sich ein Gespräch.

Es dauerte ein halbes Jahr, bis sie den Betrag zusammenhatte. Mit Geld konnte sie umgehen. Täglich legte sie etwas für den Lehrgang beiseite. Den Rest lieh ihr die neue Freundin. Im Dezember begann der Kurs an der Volkshochschule: Deutsch für Anfänger.

Sie passte auf, dass Eberhard nichts bemerkte. Ihre Bücher versteckte sie unter dem Bett und da sie intelligent war und eine rasche Auffassungsgabe besaß, lernte sie schnell. Erst wenn sie so gut sprach, dass sie sich unterhalten konnte, wollte sie Eberhard mit ihren Deutschkenntnissen überraschen.

Ende März war es so weit. Sie fühlte sich ausreichend vorbereitet. Endlich würde sie mit Eberhard in seiner Sprache sprechen können. Bislang verständigten sie sich mit Zeichen, und er versuchte seinen Anordnungen mit schlechtem Schulenglisch Nachdruck zu verleihen. Gemeinsame Gespräche würden sicher die Distanz zwischen ihnen verringern. Endlich könnte eine echte Partnerschaft entstehen.

Die Suppe stand auf dem Tisch und dampfte. Eberhard hasste lauwarmes Essen. Er hatte sich gerade einen Löffel in den Mund geschoben, da sprach sie ihn an und plauderte lustig drauf los: Wie es bei der Arbeit gewesen sei? Ob ihm das Essen schmecken würde? Sie würde gerne mit ihm gemeinsam im Park spazieren gehen. Man könne doch auch mal ins Kino gehen oder jetzt, wo die Frühlingssonne schon wärmte, sich in ein Straßencafé setzen und ein Eis essen ...

Eberhard erstarrte, verschluckte sich, hustete und spuckte die Suppe in den randvollen Teller zurück. Sie lachte. Sein Gesicht verzog sich zu einer Fratze. Die Augen wurden noch kleiner als sonst. Er lief krebsrot an. Er hustete und prustete. Er schnappte nach Luft. Sie lächelte ihn an und sprach weiter. Sie hatte wirklich gut gelernt. Der Lehrer war sehr stolz auf sie. Den ersten Kurs hatte sie mit großem Erfolg abgeschlossen. Morgen würde der zweite beginnen.

Eberhard stand auf. Er hustete noch immer. Hatte sie den Salzstreuer vergessen? Mai Tai plapperte weiter. Sie war glücklich, dass sie endlich mit Eberhard reden konnte und wischte mit der Serviette die verkleckerte Suppe vom Tisch. Aus der Küche hörte sie ein Rumpeln. Er schien irgendetwas zu suchen. Die Abstellkammer hatte sie aufgeräumt. Sie konnte sich den Lärm nicht erklären. Aber egal. Sie freute sich so sehr. Die Überraschung war gelungen. Vielleicht holte er die Flasche Sekt, die dort schon seit Weihnachten stand, und würde mit ihr auf den Erfolg anstoßen.

Eberhard kam wieder ins Wohnzimmer. Aber er hielt keine Sektflasche in der Hand. Sie lächelte ihn an. Ihr Redeschwall erstarb augenblicklich. Noch zwei, drei Schläge und Mai Tai lag auf dem Boden. Eberhard beugte sich über den leblosen Körper. Er konnte ein würgendes Grunzen nicht unterdrücken und räusperte sich. Den Hammer legte er neben seinen Teller auf den Tisch. Gleichgültig und mit griesgrämiger Miene aß er weiter. Er hasste lauwarmes Essen.

In der Nacht fuhr er zum Schrebergarten, hob ein Beet aus, legte ein Paket hinein, das mit einer Plastikplane umwickelt war, schaufelte das Loch wieder zu und pflanzte mehrere Rosenstöcke. Die hatte er wie die Plane gleich nach dem Abendessen im Gartencenter gekauft.

Die benachbarten Schrebergärtner würden sich wundern. Eberhard und Rosen. Seltsam. Das passte überhaupt nicht zu ihm. – Die dornenlose Sorte verströmte einen intensiven Jasminduft. Sie hieß Bangkok. Bangkok Mai Tai. Aber das wusste Eberhard nicht.

Am nächsten Morgen blätterte er im Katalog und wurde nach kurzer Zeit fündig. Unter dem Foto stand der Name: Tamika. Wie alle Mädchen trug sie glänzendes, schwarzes Haar. Eine rote Lotusblüte steckte hinter ihrem linken Ohr. Sie lächelte so scheu, wie es auch Mai Tai immer getan hatte. Eberhard machte neben dem Namen ein Kreuz.

Die Vogelkundlerin
oder Der Preis der Freiheit

„Sitz, Herr Schmidt", befiehlt Hildegard von Beilhartz in energischem Ton ihrem in die Jahre gekommenen Rauhaardackel. Erschrocken schaut der ältere Herr am Nebentisch auf und stottert: „Ich, ich sitze doch schon."

Herr Schmidt bringt Fräulein von Beilhartz häufiger als ihr lieb ist in peinliche Situationen. Dem Dackel kann sie keine Vorwürfe machen. Vielmehr ist meist Hildegard von Beilhartz' resolute und forsche Art für allerlei Missverständnisse verantwortlich. Beschämt entschuldigt sie sich bei dem Herrn, der sich kaum beruhigen will und unablässig vor sich hin brabbelt. Sie setzt sich; Herr Schmidt, der Dackel, hat längst zu ihren Füßen Platz genommen.

Fräulein von Beilhartz greift nach der Speisekarte und studiert sie aufmerksam. Flugs kommt Angelo an ihren Tisch, um die Bestellung aufzunehmen. Die weiblichen Gäste verzehren sich nach diesem schwarzgelockten Jüngling. Hildegard von Beilhartz' hungriger Blick in die Karte wäre nicht nötig gewesen. Sie weiß schon, was sie essen will. Zuerst bittet sie jedoch um einen doppelten Grappa. Den braucht sie, um ihre Enttäuschung, ihre Wut und ihren Ärger herunterzuspülen. Später wolle sie einen grünen Salat und Spaghetti aglio e olio zu sich nehmen. Dem Geschmack von fein gehackten Knoblauchzehen in reichlich kaltgepresstem Olivenöl konnte sie noch nie widerstehen. Jedes Mal bestellt sie das Gleiche. Die Spaghetti müssen bissfest sein und mit viel frisch gemahlenem Pfeffer gewürzt; dann ist das Nudelgericht für ihren Gaumen perfekt zubereitet. In diesem italienischen Restaurant gibt es sogar die Variante aus den Abruzzen: mit getrockneten Peperoncini und eingelegten Sardellen. Heute kann es ihr nicht scharf genug sein. Sie muss sich bestrafen, und sei es nur damit, sich die Geschmacksnerven für eine Weile abzutöten. Wie immer verzichtet sie auf die Sardellen.

Seit ihrer frühesten Jugend isst sie nur vegetarisch. Sie liebt Tiere über alles und kann es nicht ertragen, dass eines für ihre Gaumenfreuden sterben muss. Ihr Vater war Förster beim Grafen, die Mutter pflegte ihren Kräuter- und Gemüsegarten. Von beiden erbte Hildegard die Liebe zur Natur.

Häufig schleppte der Vater sie mit zur Jagd. Alles Sträuben half nichts. Die frische Luft und die Natur würden ihr gut tun, meinte ihr unsensibler Erzeuger. Mit der Luft und der Natur behielt er Recht. Aber das Töten von Tieren, auch wenn die kleine Hildegard die Notwendigkeit einsah, blieb ihr stets ein Gräuel. Auf ihren Streifzügen erklärte ihr der Vater die heimische Flora und Fauna. Sie kannte jeden Baum und Strauch, jedes Kraut und jede Blume. Und bald wusste Hildegard, dass für sie nur ein Beruf in Frage kam. Gleich nach dem Abitur machte sie sich in die nahe gelegene Großstadt auf und begann ihr Pädagogikstudium.

Die Kinder liebten sie. Und Hildegard von Beilhartz liebte ihre Kinder. Natürlich waren es nicht die eigenen. Sie blieb kinderlos und legte großen Wert darauf, dass man sie ein Fräulein nennt.

Fräulein von Beilhartz hing sehr an ihrem Beruf. Er war ihr quasi in die Wiege gelegt. Schon ihren Puppen wollte sie alles Mögliche beibringen. Leider stellten die sich nicht sehr gelehrig an. So verlor sie bald die Lust am Spiel mit ihnen. Ihr kleiner Dackel Daisy verstand sie deutlich besser und folgte ihr aufs Wort. Sogar die Katze Madame zeigte sich nicht so begriffsstutzig wie die leblosen Geschöpfe aus Porzellan. Hildegard spielte lieber mit ihren Tieren und kümmerte sich liebevoll um ihren Garten hinter dem Forsthaus.

Sie blieb mit Leib und Seele Lehrerin, bis man sie mit fünfundsechzig in Rente schickte. Andere Kollegen waren längst in die Frühpension geflohen. Diagnose: Burn-out-Syndrom. Das konnte sie nicht nachvollziehen. Schließlich hatten die einstigen Kollegen wie sie diesen Beruf aus freien Stücken gewählt. Sie erinnert sich noch, mit welcher Begeisterung sie immer vom Unterrichten sprachen.

Hildegard von Beilhartz erbte von ihren Eltern nicht nur die Liebe zur Natur, sondern auch das forsche und zielstrebige Auftreten. Sie leidet bisweilen unter der schroffen Art, mit der sie ihren Zeitgenossen begegnet. Doch Diplomatie ist für sie ein Fremdwort. Sie kann nicht anders. Sie geht geradlinig ihren Weg und sagt immer offen ihre Meinung. Dabei scheut sie sich nicht, Wahrheiten auszusprechen. Verletzen will sie nicht, aber auf manche Mitmenschen wirkt ihr Verhalten taktlos. Doch Fräulein von Beilhartz findet das Leben viel zu kurz, um Umwege zu gehen. Sie stiefelt geradewegs auf ihr Ziel zu, sagt ab und an etwas Unhöfliches; und alle sind schockiert. Falsche Freundlichkeit hält sie für Zeitverschwendung. Und sie hat gelernt, dass sie, um ein Ziel zu erreichen, es ohne Wenn und Aber verfolgen und notfalls darum kämpfen muss.

Seit ihrer Pensionierung engagiert sich Hildegard von Beilhartz in der Kommunalpolitik. Bürgermeister und Gemeinderäte können ein Lied von ihrer Sturheit singen. Aber ohne Hildegards Hartnäckigkeit hätte die Stadt keinen Waldlehrpfad und keinen Kräutergarten angelegt.

Der ehrenamtliche Einsatz für das Gemeinwohl füllte sie nicht aus. Deshalb nahm Fräulein von Beilhartz Kontakt zur Volkshochschule auf. Dort freute man sich über die erfahrene Lehrerin. Seither genießt sie es, ihr Wissen in naturkundlichen Wanderungen und Seminaren für Kinder wie „Faszination Natur" an die jüngste Generation weiterzugeben. Die Jungen und Mädchen von heute können eine Birke nicht mehr von einer Eiche unterscheiden. Sie erkennen weder den Gesang der Nachtigall, noch den der Lerche. Sie wissen nicht, dass der Kuckuck seine Eier in fremde Nester legt. Aber die jetzt 71-jährige Greisin wundert sich über nichts mehr.

Eines Tages vernahm sie auf einem naturkundlichen Spaziergang mit ihren kleinen Schützlingen ein klägliches Piepsen. Sofort bellte Herr Schmidt aufgeregt das Unterholz am Wegesrand an. Fräulein von Beilhartz zischte ein kurzes Kommando. Das genügte völlig. Der Dackel gehorchte augenblicklich und rührte sich nicht mehr vom Fleck. Behutsam näherten sie sich der Stelle, aus der das Zwitschern kam und fanden in einem Gebüsch eine kleine, zerzauste Goldammer. Völlig verängstigt hatte sich das Tier in die dichteste Ecke des Strauches verkrochen. Das vogelkundige Fräulein hatte den Kindern den Gesang der Goldammer beigebracht. Sie singt ein sehr charakteristisches „Ti-ti-ti-ti-ti-ti-tüüüüüh". Hildegard übersetzte es anschaulich mit: „Wie wie wie hab ich dich liiiiieb." So konnten sich die Kinder das witzige

Liedchen des Vogels gut einprägen. Die Buben und Mädel hatten auch gelernt, dass die kleine Pause zwischen dem „Ti-ti-ti-ti-ti-ti" und dem „Tüüüüüh" das ungefähre Alter der Goldammer anzeigt. Bei Jungvögeln währt die Pause kurz; bei den älteren entsprechend länger. Der kurzen Pause nach zu urteilen, handelte es sich um einen sehr jungen Vogel. Als sie das Gestrüpp beiseite schoben, hüpfte der winzige goldgelbe Federball aufgeregt hin und her. Das „Tüüüüüh" am Ende seines Liedes fehlte. Daran erkannten sogar die Kinder, dass die Goldammer sich ängstigte.

Fräulein von Beilhartz sah sogleich, dass der rechte Flügel des Vogels gebrochen war. Etwas ausgestellt hing er leblos an seinem Körper herunter. Energisch gemahnte sie die Kinder zur Ruhe und griff zielsicher nach dem Tier, dem keine Zeit zur Flucht blieb.

Zu Hause pflegte sie das Vögelchen und versprach den Kindern, sobald der Flügel geheilt sei, es gemeinsam mit ihnen wieder frei zu lassen. Zwei Wochen später war es so weit. Die Goldammer zwitscherte vergnügt und flog in Fräulein von Beilhartz' Wohnung unbeschwert umher.

Hildegard von Beilhartz benachrichtigte die Kinder und die Presse und vereinbarte als Treffpunkt die Lichtung im nahe gelegenen Wald. Alle Kinder aus dem Kurs kamen, und beide Zeitungen der Stadt schickten einen Redakteur. Der Moment der Freilassung rückte näher. Als alle um sie versammelt waren, öffnete das Fräulein den Käfig, in dem sie die Goldammer transportiert hatte. Herr Schmidt, der sich inzwischen mit der Ammer angefreundet hatte, schaute neugierig in Richtung Vogelbauer und gab keinen Laut von sich. Der Piepmatz hopste auf die Stange, von der Stange auf das Käfigtürchen, blickte frech um sich und blieb auf dem Gitter des Türchens sitzen. Alles Zureden half nichts. Die Goldammer rührte sich nicht von der Stelle. Minuten vergingen. Die Presseleute wurden unruhig; der nächste Termin drängte. Das Vögelchen scherte sich nicht darum, hüpfte wieder in den Käfig und auf die Stange. Es putzte ausgiebig sein goldgelbes Gefieder und ließ mehrmals sein „Ti-ti-ti-ti-ti-ti-tüüüüüh" erklingen. Die Kinder strahlten vor Freude und lachten laut. Daraufhin stieß die Goldammer ein kurzes ängstliches „Ti-ti-ti-ti-ti-ti" hervor, verstummte und verkroch sich in das Vogelhäuschen, mit dem Hildegard von Beilhartz den Käfig ausgestattet hatte.

Fräulein von Beilhartz entschuldigte sich verzweifelt bei den Redakteuren, denn sie wusste um deren Zeitnot. Plötzlich erklang über ihren Köpfen ein fröhliches „Ti-ti-ti-ti-ti-ti-tüüüüüh". Eine Goldammer flog vorüber und entschwand in den Wald. Da streckte der kleine Piepmatz neugierig das Köpfchen aus dem Häuschen heraus, sprang auf die Stange, von der Stange auf die geöffnete Käfigtür und erhob sich endlich in die Lüfte. Dabei ließ er sein hübsches Lied erklingen. Das Vögelchen zog ein paar Kreise über der Menschengruppe, jubilierte in den höchsten Tönen und stieg noch höher empor. Die Kinder klatschten und jauchzten vor Begeisterung; sogar Herr Schmidt bellte aufgeregt in Richtung Himmel. Die Reporter zückten ihre Kameras, um das erfreuliche Ereignis im Bild festzuhalten, und sie knipsten genau in der Sekunde, in der ein Falke vom Forst her auf den kleinen Vogel herabstieß. Im Nu verschwand der Raubvogel mit der Goldammer hinter den Baumwipfeln; vermutlich auf dem Weg zur Fütterung seines Nachwuchses.

Hildegard und den Kindern stand das blanke Entsetzen im Gesicht. Nur die Zeitungsleute hatten ihre Not, sich ein

Lachen zu verkneifen. Die kampfeslustige Greisin nervte sie schon seit langem mit ihren besserwisserischen Leserbriefen. Da tat ein wenig Schadenfreude gut. Die Kinder jammerten, und Fräulein von Beilhartz mühte sich redlich, ihnen zum wiederholten Male die Nahrungskette zu erläutern; doch auch ihr saß der Schock in den Knochen. Herr Schmidt spürte, dass etwas nicht stimmte und watschelte auf dem Rückweg mit gesenktem Kopf neben seinem Frauchen her.

Nachdem Hildegard von Beilhartz sich von den Redakteuren verabschiedet und die verstörten Kinder bei ihren Eltern abgeliefert hatte, begab sie sich mit Herrn Schmidt in ihr Stammlokal: *Lo zigolo giallo*. Hier strandet Fräulein von Beilhartz immer, wenn es etwas zu feiern gilt oder wenn sie sich, wie in dieser unglücklichen Geschichte, von einer Niederlage erholen muss.

Über die Vergänglichkeit allen Seins nachsinnend, isst sie ihre scharfen Spaghetti aglio e olio und trinkt dazu ein Viertel Barbera. Ihre Zunge brennt teuflisch. Der Namensvetter ihres Rauhaardackels hat längst das Lokal verlassen, und eine Kollegin vom Italienisch-Konversationskurs sitzt mit ihren Teilnehmern am Nebentisch. Sie feiern Semesterabschluss. Schnell sind die *Italiener* in ein lustiges Gespräch vertieft. Hildegard von Beilhartz bestellt zum Ausklang eine Panna cotta. Noch immer brennt ihr Mund, und das traurige Schicksal ihrer Goldammer lässt sie nicht los.

Am Nebentisch nimmt die Lautstärke mächtig zu. Die jungen Leute haben ihr zweites Viertel Rotwein hinuntergeschüttet. Sie lachen und plaudern und einige blicken in Hildegards Richtung. Fräulein von Beilhartz seufzt vielsagend. Lärmende Menschen sind ihr zuwider. Sie bezahlt die

Rechnung, erhebt sich – Herr Schmidt bei Fuß – grüßt die Italienischdozentin im Vorübergehen und öffnet die Tür.

Im selben Moment fragt ein Teilnehmer die Italienischlehrerin, was *Lo zigolo giallo* bedeute. Die Dozentin weiß keine Antwort. Sie bittet Angelo, der gerade die dritte Runde Chianti an ihrem Tisch serviert, um Aufklärung. Leider spricht er nicht gut genug Deutsch und hat deshalb keine Übersetzung parat. Dafür stellt er sein ganzes schauspielerisches Talent zur Schau. Er winkelt seine Arme an und bewegt sie flatternd auf und ab, während er das piepsige „Ti-ti-ti-ti-ti-ti-tüüüüüh" einer Goldammer singt. Er kichert und freut sich über den Beifall und das schallende Gelächter seiner Zuschauer.

Fräulein von Beilhartz verschlägt es die Sprache. Schnell verlässt sie mit ihrem Dackel das Restaurant. Sie würde sich ein neues Stammlokal suchen müssen. Herr Schmidt trottet unbekümmert und freudig mit seinem Schwanz wedelnd neben ihr her.

Alibi

Norbert liegt rücklings auf dem breiten Bett. Das schneeweiße Laken ist nass von seinem kalten Schweiß. Schneeweiße, durchnässte Handtücher türmen sich auf dem Boden.
Mit weit aufgerissenen Augen glotzt er die schneeweiße Decke an. Sein Rücken quält ihn. Der Atem geht flach. Ab und
an entweicht ihm ein klagendes Wimmern. Norbert weiß
nicht, wie lange er schon in dieser Position verharrt. Er versucht sich zu bewegen, aber ein stechender Schmerz bohrt
sich in seinen Rücken. Sein Gesicht erstarrt zur Maske, sein
Blick wird glasig. Tränen quellen aus seinen Augenwinkeln.
Sie bahnen sich ihren Weg über die hohlen Wangen und
tropfen auf das Laken. Norbert leidet Höllenqualen.

Schwach nimmt er einen Nelkenduft wahr, der aus dem
Badezimmer herüberweht. Er will etwas sagen, doch der
Schmerz vereitelt jeden Versuch zu sprechen. Sein Magen
hebt sich. Nelkenparfüm kann er nicht ausstehen.

Norbert registriert eine verschwimmende Gestalt. Die
Schleier vor seinen Augen lassen ihn nur Umrisse erkennen.
Der Parfümnebel nähert sich bedrohlich. Seine Nasenflügel
zittern. Die Duftwolke umwabert ihn und nimmt ihm den
Atem. Der fliederfarbene Schemen entfernt sich und schließt
die Tür. Einsam bleibt Norbert zurück.

Drei Jahre zuvor hatte er zum ersten Mal heftige Rückenschmerzen verspürt. Der Orthopäde diagnostizierte eine

diskrete Bandscheibenvorwölbung, die Vorstufe eines Bandscheibenvorfalls, und empfahl dringend einen Kurs zu besuchen. Die Rückenmuskulatur müsse gestärkt werden. Funktionelle Rückengymnastik sei bestens geeignet, die erschlaffenden Muskeln wieder aufzubauen, um die Wirbelsäule zu stützen. Seine Haltung würde durch das Training geschult und die Koordination verbessert. Das leuchtete Norbert ein.

Seine Frau rät zu einem Lehrgang an der Volkshochschule. Gleich am folgenden Tag meldet sie ihn an. Der Kurs beginnt eine Woche später. Ein paar Besuche bei einer hübschen Krankengymnastin hätte er vorgezogen. Er versucht, wie viele Männer, seine Schwächen nicht zu zeigen. Doch die Rückenschule ist bezahlt. Kneifen geht nicht, ohne sich vor seiner Gattin lächerlich zu machen. Und ein triftiges Argument fürs Fernbleiben fällt ihm auch nicht ein.

Der giftgrüne Trainingsanzug ist ein Fehlgriff, aber einkaufen hasst er, und auf die Schnelle fällt ihm kein fescheres Teil in die Hände. Ohne anzuprobieren kauft er ihn und freut sich, das Warenhaus und die Besorgung zügig hinter sich gebracht zu haben. Im Keller kramt er nach den Turnschuhen, die seit seiner Studienzeit dort vergraben liegen. Sie passen noch. Mit gemischten Gefühlen, aber anständig ausgerüstet begibt er sich zum Veranstaltungsort in die City.

In dem schmucklosen Raum bewegen sich bereits zehn Menschen. An der den Fenstern gegenüberliegenden Wand hängt ein Plakat mit der Aufschrift: *Mit Körper und Kopf.* Auf dem Fußboden liegen grüne Matten. In den Ecken stehen Holzschemel eines schwedischen Möbelhauses. Nachzügler trudeln ein und entschuldigen sich hastig. Als Letzte erscheint eine attraktive Frau um die vierzig. Sie kommt nicht einfach nur herein; sie tritt auf. Eine Wolke aufdringlichen Nelkenparfüms umgibt sie. Ihre schlanken Beine stecken in fliederfarbenen Leggings. Dazu trägt sie ein eng anliegendes, weit ausgeschnittenes Top in derselben Farbe. Dem Stoff sieht man die Mühe an, die er aufbringt, den ausladenden Busen zu stützen. So sehr sich Norbert dessen Entweichen wünscht – das ihn umspannende Gewebe hält. Um den Hals der Dame wirbelt bei jeder Bewegung eine knallbunte Kette aus riesigen Kugeln. Sie gaukeln vor, mindestens zehn Kilo zu wiegen und ihrer Trägerin bei der nächsten Drehung das Genick zu brechen. In Wahrheit sind sie federleicht, weil aus Filz. An ihren Ohren baumeln Filzanhänger gigantischen Ausmaßes. Norbert findet, dass die schwarzen Haare der rassigen Frau einen bezaubernden Kontrast zu ihrem lilafarbenen Outfit bilden. Ihr Make-up gleicht der Kriegsbemalung der Sioux-Indianer: Sie genießt es, im Rampenlicht zu stehen.

Regina – und jeder andere Name wäre unpassend – verlässt nie ungeschminkt das Haus. Ohne Rouge und Lidstrich fühlt sie sich nackt. Extravagante Roben hüllen ihren Körper in geschneiderte Bedeutsamkeit. Die Geburt dieser *Königin* stand im Zeichen des Löwen. Sie erbeutet immer, was sie will. Und aus unerfindlichen Gründen will sie Norbert. Vielleicht weil Norbert als einziger Mann im Kurs ihren Ehrgeiz weckt und die Konkurrenz immerhin aus zwölf Rivalinnen besteht? Regina rüstet sich zum Kampf.

Norbert findet die grelle Aufmachung der Frau für den Besuch eines Rückenschulkurses zwar unpassend, doch die schrille Erscheinung steht in krassem Gegensatz zu der seiner grauen Gattin: Und genau das reizt ihn!

Nicht nur Reginas Auftritt und ihr ungewöhnlicher Aufputz wecken sein Interesse. Charme sprüht ihr aus jeder Pore. Zudem strahlt sie eine Gelassenheit aus, die ihn erregt. Er weiß nicht, dass alles gespielt und sorgfältig einstudiert ist.

Während der Gymnastik flirtet sie unter Aufbietung all ihrer Reize. Wenn sie sich etwas vornimmt, ist sie nicht zu bremsen. Die eindeutige Werbung verfehlt ihre Wirkung nicht. Norbert fühlt sich geschmeichelt. Aber er schämt sich seines peinlich giftgrünen Sportdresses.

Kurz vor Ende der Übungsstunde probiert Regina einen ersten Schachzug. Bei den Partnerübungen kommen sie sich näher. Sie wartet nicht, bis etwas passiert. Scheinbar zufällig verheddern sich ihre Filzkugeln in seinem Goldkettchen. Das Spiel gelingt. Kichernd entwirren sie gemeinsam die verhakten Schmuckstücke. Die Blicke der anderen Kursteilnehmerinnen sprechen Bände. Norbert bemerkt sie nicht; und seine neue Freundin ist gegen das tödliche Gift der abgeschossenen Pfeile immun.

Zum Löwe-Sternzeichen gesellt sich Widder im ersten Haus. Befriedigt verbucht Regina den frühen Sieg in der ersten Runde. Ihr Erfolg macht sie blind dafür, dass die Damen aus dem Kurs gar keine ernst zu nehmenden Rivalinnen darstellen.

Nach dem Unterricht trinken Regina und Norbert einen Cocktail in der Bar eines Hotels am Ende der Straße. Müde vom Training, beschwingt vom Flirt und vom Alkohol packt Norbert zu Hause seinen Trainingsanzug aus und stopft ihn in den Wäschesack. Dann springt er unter die Dusche, um den Nelkenduft abzuwaschen.

Jeden Mittwoch zur selben Zeit trottet Norbert brav zur Rückenschule. Seine Frau freut sich, dass er den Kurs so pflichtbewusst besucht. Und jeden Mittwoch begeben sich Regina und Norbert in ihre Hotelbar. Nach dem sechsten Abend geht Regina zum ultimativen Angriff über. Für ihre Verhältnisse hat sie lange genug gewartet. Anstatt sich, wie die letzten Male, in die Hotelbar aufzumachen, verharrt sie heute an der Rezeption. Verheißungsvoll sieht sie ihn an. Er versteht ihren Blick und nimmt ein Zimmer. Der Aufzug bewegt sich schnell; doch nicht schnell genug. Beide erreichen auffallend derangiert die dreizehnte Etage.

Hinter der verschlossenen Tür trifft Löwe auf Jungfrau. Ungestüm entledigen sie sich ihrer Kleidung. Norbert tut Dinge, die er sich bei seiner Frau nicht trauen würde; und Regina zeigt ihm Kunststücke, die seinem geschundenen Rücken nicht eben dienlich sind.

Norbert und Regina treffen sich mittwochs kurz nach sieben. Fünfzehn Mal im Frühling und fünfzehn Mal im Herbst in dem großen Hotel in Münchens Innenstadt. Niemand stellt dort Fragen. Drei Jahre funktioniert es tadellos. Das Liebespaar hat bereits den sechsten Kurs belegt, bezahlt – doch nicht besucht. Die wöchentliche Gymnastik findet im Hotelzimmer in der dreizehnten Etage statt. Norberts Frau schöpft keinen Verdacht. Einzig wundert sie, dass seine Rückenschmerzen nicht abklingen wollen.

Längst fallen Norbert die gemeinschaftlichen Leibesübungen mit Regina schwer. Seine Wirbelsäule ächzt bei jeder Bewegung. Ungestüme Leidenschaft sieht anders aus. Das partnerschaftliche Training verschafft seinem Rücken mehr Leiden als seinem übrigen Körper Lust. Reginas Entschluss beginnt zu reifen. Zwei Mal treffen sie sich noch, und zwei Mal versagt nicht nur sein Rücken ihm den Dienst.

Die Schmerzen fesseln ihn ans Bett. Erschöpft sieht Regina Norbert auf dem schweißnassen Leintuch liegen. Er starrt zur Deckenlampe. Sie geht ins Bad. Die Dusche plätschert. Regina zieht sich an und repariert ihr Make-up. Am Nelkenparfüm spart sie nicht. Dann geht sie ohne ein Wort zu sagen.

Nach drei Jahren findet die Affäre so ihr peinliches Ende. Norbert bleibt noch eine Zeitlang liegen. Dann steht er mühsam auf. Bedrückt und doch erleichtert verlässt er das Hotel und fährt nach Hause. Seiner Frau erklärt er, dass er fortan auf die Rückenschule verzichten wird. Mit der neuen Kursleiterin komme er nicht zurecht. Um seinen Rücken wird sich künftig eine Krankengymnastin kümmern. Er freut sich auf ruhige Fernsehabende. Seine Frau schweigt und lächelt. In ihrem Kopf beginnen graue Zellen mit ihrer Arbeit.

Am nächsten Morgen bucht sie für Norbert ein neues Seminar: Spanisch für Anfänger. Norbert fügt sich seinem Schicksal. Als Jungfrau fällt es ihm leicht und außerdem macht ihm das Lernen Spaß. Im Sommerurlaub auf Mallorca wird er sein Bier auf Spanisch bestellen.

Am folgenden Mittwoch fährt er also wieder in die City. Der Sprachkurs beginnt um 19 Uhr. Aufgeregt wartet zu Hause seine Frau. Ihr Liebhaber ist pünktlich wie stets seit drei Jahren.

Schröders letzter Gang

Charlotte merkte, dass etwas nicht mit ihr stimmte, als sie versuchte sich eine Zigarette anzuzünden, und es misslang. Eine glimmte bereits im Aschenbecher, eine zweite steckte in ihrem rechten Mundwinkel, eine dritte hielt sie zwischen Zeige- und Mittelfinger ihrer linken Hand, und eine vierte wollte sie gerade aus der Schachtel nehmen ...

Entnervt stieß sie den eingeatmeten Rauch wieder aus und beschloss beim Schreiben eine Pause einzulegen, um ihre Freundin anzurufen. Den Glimmstängel, der zwischen ihren Fingern steckte, drückte sie im Aschenbecher aus.

„Stell dir mal vor, Marlene, was mir eben passiert ist", schnarrte sie ins Telefon und erzählte von ihrer Zigaretten- orgie. Ihre Freundin Marlene rauchte ebenfalls Kette.

„Nein, ich bin nicht süchtig. Mein Arzt will mir das zwar ständig einreden ..."

„Ich könnte sofort aufhören, wenn ich wollte. Das will ich aber gar nicht. Ich rauche gern! Es schmeckt mir eben."

Sie hustete den Schleim ihrer letzten Bronchitis in ein Taschentuch und sprach ungeduldig weiter: „Nein, nein, Marlene, komm mir jetzt nicht damit. Du glaubst, doch nicht, dass ich auf das Rauchen verzichten werde, nur weil dieser Quacksalber ..."

„Ach so, ich dachte, du meinst ..."

„Nein, ich bin vollkommen gesund. Mach dir nur keine Sorgen ..."

Ihre Freundin redete und redete. Charlotte nutzte die Zeit, in der Marlene auf sie einquasselte, um die Zigarette, die noch zwischen ihren Lippen steckte, durch heftige Züge in Asche zu verwandeln. Sie griff nach der Tasse, die vor ihr auf dem Schreibtisch stand, und schüttete die schwarze Brühe die Kehle hinunter. Dabei verzog sie das Gesicht, als handle es sich um Sokrates' Schierlingsbecher und nicht nur um erkalteten Kaffee. Die Kippe warf sie achtlos in den Aschenbecher.

„Du, Marlene, ist gut. Ich muss jetzt Schluss machen. Ich ruf dich morgen wieder an. Tschüss!", meinte sie knapp und drückte ihre Freundin weg.

„Marlene kann ganz schön nerven. Da ruft man mal an, um etwas zu erzählen, und schon kommt dieses Weib mit seinen langweiligen Geschichten daher und lässt einen nicht mehr zu Wort kommen. Das kann ich ja nun gar nicht leiden."

Charlotte setzte sich wieder und starrte auf das Papier. Sie nahm den Bleistift in die Hand und fuhr mit dem Schreiben fort.

„Au, verdammt. Tut das weh. Ein Krampf, das fehlt mir gerade noch. Der Verlag braucht aber übermorgen das Manuskript."

Sie sprach häufiger mit sich selbst, vor allem, wenn ihr etwas nicht passte. Das Schreiben musste sie lassen; die Hand schmerzte zu sehr.

„Vielleicht geht es ja morgen besser", machte sie sich Mut. „Jetzt koche ich mir erst mal was Leckeres."

Der Blick in den Kühlschrank offenbarte, dass der Zahn der Zeit am Fleischsalat genagt hatte und die Kartoffeln verschimmelt im Gemüsefach lagen. Abgesehen davon machte sich nur gähnende Leere breit.

„Also, ist wieder Pizzeria angesagt." Sprach's, warf sich – obwohl draußen ein Schneesturm tobte – den Sommermantel über, klemmte sich die Zeitung vom Vortag unter den Arm, steckte zwei Päckchen Zigaretten ein und warf die Tür hinter sich ins Schloss.

„So kann das nicht weitergehen", hustete Charlotte ihre Freundin Marlene Wochen später an. „Ich werde mein Leben ändern müssen. Ich hab in der letzten Zeit dermaßen gelitten. Bei meinem letzten Termin meinte der Arzt, dass es nur eine Lösung gäbe ..."

Der Tisch, an dem beide saßen, verschwand unter einer Rauchwolke ähnlich der über Catania nach einem Ausbruch des Ätna. Der Aschenbecher vor ihnen qualmte – randvoll mit Zigarettenkippen. Dabei hockten die beiden Frauen erst eine halbe Stunde zusammen.

„Aber wieso willst du dir denn jetzt plötzlich das Rauchen abgewöhnen, Charlotte? Ich versteh dich nicht. Vor drei Wochen hast du noch behauptet, dass es dir schmeckt und du nicht im Traum daran denkst aufzuhören."

„Wie kommst du denn darauf, dass ich mit dem Rauchen aufhören will", blaffte Charlotte ihre Freundin an.

Marlene konnte einem wirklich auf den Geist gehen. Hatte sie nicht immer wieder betont, dass sie rauchen werde, egal was passiert. Es schmeckte ihr einfach und basta!

„Ich höre doch nicht mit dem Rauchen auf, Marlene. Auf was du immer kommst. Ich hatte nur schon wieder eine Sehnenscheidenentzündung. Ich kann einfach nicht mehr mit der Hand schreiben. Es strengt mich zu sehr an. Ich verkrampfe. Jetzt musste ich mir auf meine alten Tage doch noch einen Laptop anschaffen."

Marlene lachte ihre Erleichterung heraus und zog beruhigt an ihrer Zigarette. Denn hätte Charlotte mit dem Rauchen aufgehört, hätte sie bald eine Freundin weniger. Marlene hatte ihre Erfahrungen mit ehemaligen Nikotinsüchtigen, die jeden Tabakgeruch verabscheuten und radikal gegen Raucher vorgingen.

„Mich ekelt vor dir", hatte eine zu ihr gesagt.

„Bei kaltem Rauch wird mir übel", meinte eine andere.

Zu ihren Freundinnen zählte keine mehr. Marlene wollte nicht auch noch Charlotte verlieren.

Nachdem die Frauen jede vier doppelte Espresso hinuntergekippt und den Inhalt einer Schachtel Zigaretten eingeäschert hatten, erhoben sie sich und verließen das Café. Bevor sie sich verabschiedeten, versprach Charlotte, sich nach dem ersten Abend des Computerkurses bei Marlene zu melden. Der Rechner war bereits gekauft, aber sie konnte nicht damit umgehen. Notgedrungen würde sie sich also aufraffen, ein Seminar zu besuchen.

Im Raum warteten erst wenige Menschen. Ein buntgemischtes Häufchen, wie Charlotte kritisch feststellte. Mit scharfem Auge musterte sie zwei Frauen mittleren Alters, anscheinend Freundinnen. Die beiden saßen nebeneinander und unterhielten sich angeregt.

„Hausfrauen!", murmelte Charlotte abfällig.

Ihr gegenüber hatte ein älterer, vornehm wirkender Herr, groß und schlank, Platz genommen.

„Gestatten, Kiebitz", stellte er sich vor. Der gefiel ihr schon besser. Schlanke Menschen konnte sie viel besser leiden als solche, die sich im Alter gehen ließen und immer fülliger wurden. Außerdem fläzte sich da noch ein junges, für Charlottes Geschmack etwas zu grell geschminktes Mädchen auf einem Stuhl. Das bauchfreie T-Shirt forderte gerade dazu auf, die rund um den Nabel gestochene blauschwarze Tätowierung in Form einer vielzackigen Sonne anzustarren.

„Na, diesen aufgedunsenen Bauch würde ich eher verstecken als damit die Augen fremder Leute zu beleidigen. Fettleibige Menschen kann ich nun wirklich nicht ausstehen, noch dazu wenn sie jung sind."

Charlotte trug Größe 34; manche ihrer so genannten Freundinnen bezeichneten sie hinter ihrem Rücken deshalb als dürre Ziege.

Auf den freien Stuhl neben ihr schob sich ein dicklicher, madenbleicher Mann Anfang fünfzig. Die strähnig bis zu den Schultern herabfallenden roten Haare der Käferlarve ergänzten das Bild.

„Grüß Gott, I hoiss Schröder", beeilte er sich zu sagen. „Oberstudienrat Schröder. Deutsch und Geschichte. Eigendlich brauch i den Kurs gar nedde. I wollt bloß gugga, wo i so steh. Sie hen Glick, dass Sie näber mir sitzet. Do kann i Ihne jederzeit helfe, wenn Sie ned sofort verstehet, was der Dozent secht. Fraue hen ja so ihre Probleme mit dr Technik. Hahaha."

Charlotte lächelte scheinbar freundlich in Schröders wässrigblaue Augen. Unmerklich kniff sie dabei die Lippen zusammen und neigte den Kopf etwas zur Seite. Gleich darauf ließ sie ihr Lächeln wieder verschwinden. Ein untrügliches Zeichen. Marlene hätte sofort gewusst, dass jetzt jedes weitere Wort zu viel wäre. Zu seinem Glück beließ es Schröder bei dieser Vorstellung und schwieg. Charlotte zeigte sich großmütig, brachte ihren Kopf wieder in die Waagrechte, und mit

Hilfe unzähliger Muskeln gelang es ihr, die Mundwinkel abermals für kurze Zeit anzuheben. Dergestalt meißelte sie sich ein Lächeln ins Gesicht, das sie ihrem Nachbarn gewährte, ließ es aber sogleich wieder zerbröckeln, nachdem sie Schröder ein kurzes Danke entgegen gehustet hatte.

Das spöttische Grinsen, mit dem Charlotte ihre Ironie gewürzt hatte, entging Schröder dank seines gesunden Selbstbewusstseins. Er achtete nicht auf Charlottes Mienenspiel. Oberstudienrat Schröder hatte sich längst seinem PC zugewandt und ihn eingeschaltet. Er hackte sofort mit zwei Fingern auf der Tastatur herum, und von Zeit zu Zeit gab der Computer wie ein verrückt gewordener Kakadu unkontrollierte Piepstöne von sich. Charlotte beobachtete Schröder aufmerksam. Ihre Augen bohrten sich schräg von der Seite in die seinen und blickten tief. Der Grand Canyon schien ihr im Vergleich zu dem, was sie in seiner Iris sah, eine flache Hügellandschaft.

Inzwischen waren alle Plätze bis auf einen belegt, und pünktlich zur angegebenen Zeit begann der Unterricht. Schröder sah irritiert auf, als Toni Mischke die Teilnehmer begrüßte.

„Entschuldige Se mol", rief er. „Dees muss doch an Irrtum sei. Im Kursprogramm steht, dass des Seminar von oim Dozente mit dem Name Toni Mischke gleitet wird. So goats aber nedde ..."

„Es tut mir Leid, wenn ich Sie enttäuschen muss", unterbrach ihn die Dozentin. „Ich bin Toni Mischke. Sie haben vielleicht einen Mann erwartet. Ich bin Informatikerin und im Hauptberuf in der Weiterbildungsabteilung einer großen Firma tätig. Es handelt sich im Programmheft auch nicht um einen Schreibfehler. Toni kommt von Antonia und nicht von Anton."

Schröder verstummte und brummte nur ein „Dees-koaja-luschdich-werre". Charlottes Laune hob sich schlagartig.

Toni Mischke erklärte in der ersten Stunde den Computer und alle hörten aufmerksam zu. Nur Schröder kümmerte sich nicht um die Dozentin. Er hämmerte weiter auf die Tastatur seines Rechners ein. Toni Mischke warf ihm einen Blick zu, der mehr ausdrückte, als jeder Kommentar es vermocht hätte. Sie fuhr jedoch mit ihrem Unterricht fort, bis es Schröder Minuten später gelang, seinen PC durch eine abenteuerliche Tastenkombination lahm zu legen. Mit einem Röhren, das einen brünstigen Hirsch hätte erblassen lassen, stürzte sein Computer ab. Das Bild auf dem flachen Monitor fiel in sich zusammen, und mit einem letzten kläglichen Ächzen erstarb der PC. Aus dem Gehäuse stieg Rauch auf und verpestete mit dem Gestank nach verschmortem Kabel die eh schon etwas verbrauchte Luft.

Schröder spürte die Gefahr, die ihm nun von der Dozentin drohte, und blies zum Angriff:

„Do hat die Volkshochschul aber ganz schlechde Qualität gkauft, Wahrscheinlich sen des ausrangierde Rechner aus eme Insolvenzbetrieb. Alles andere hät mi gwunndert."

Charlotte verkniff sich eine bissige Bemerkung, konnte aber nicht umhin, laut aufzulachen. Toni Mischke fiel es deutlich schwerer, an sich zu halten. Sie vermied es aber, Schröder grob zu tadeln, und goss stattdessen einen Kübel bissigen Lobs über ihm aus:

„Großartig, Herr Schröder! Damit hätten Sie uns bewiesen, dass es möglich ist, die Prozessoren eines Rechners derart zu überheizen, dass er in die Knie geht, wenn man nur lange genug die richtigen Tasten betätigt. Gratuliere! Im Übrigen sind die Computer neuesten Datums. – Wir machen jetzt erst mal eine kurze Pause. Vielleicht wären Sie so gütig, Herr Schröder und öffnen die Fenster. Schließlich haben wir ihrem Geschick den Wohlgeruch dieses gelungenen Kabelbrandes zu verdanken."

Beleidigt stand Schröder auf, öffnete Fenster und Türen und trat in den Garten hinaus.

Eilig stöberte Toni Mischke den Haustechniker auf, der den verschmorten Rechner inspizierte. Er stellte fest, dass Schröders kreativ tollkühne Tastenkombination zwar den Absturz bewirkt hatte, der Kabelbrand aber auf das Konto eines defekten Ventilators ging. Erst dieser Umstand hatte zur Überhitzung des Computers und zum Crash geführt.

Während der Techniker das Gerät abtransportierte, richtete Toni Mischke eilig den PC auf dem frei gebliebenen Platz ein, blockierte aber die Tastatur. Man konnte nie wissen!

Schröder saß derweil schmollend im Garten. Toni Mischke rief ihn von seinen düsteren Gedanken weg ins reale Leben und in den EDV-Raum zurück. Die Dozentin wies ihm den Sitz rechts von Charlotte zu. Der dazugehörige Rechner war bereits eingeschaltet. Und der Bildschirm zeigte dieselbe Grafik, die der Beamer an die Leinwand warf und die Toni Mischke gerade erklärte.

Schröder murmelte: „Jetzt welle mer mol gugga, was des Deng so alles koa", und haute in die Tasten. Nichts tat sich. Charlotte grinste vor sich hin.

„Der Rechner isch au hee, Frau Mischke!", zischte der fingerfertige Schröder schadenfroh in Richtung Dozentin.

„Nein, Herr Schröder", meinte Toni Mischke, „in Erwartung ihrer voreiligen Finger, habe ich mich nur entschlossen, die Tastatur zu blockieren. Ich gebe sie wieder frei, sobald wir zur Übungsphase übergehen."

Zweiter Tiefschlag, der Schröder in die Magengrube traf. Aber er ließ sich von seinem Arbeitseifer nicht abbringen und verlegte sich darauf, Charlotte ungefragt zu schulmeistern.

„Also, Mädle, jetzt pass mol uff. Die Dade speichere Se am beschde, indem Se mit dem Körser uf des Bildle dort oben uff Ihrm Bildschirm kligget dehn. Se brauchet nedde erschd des Menü *Datei* öffne, wie die Mischke des secht, und dann *Speichere* anwähle ... Gugge Se, so goats schneller. Und wenn mer jetzt grad debei send ..."

So ging das in einem fort.

„Sehn Se", sagte er schließlich sichtlich zufrieden, „I koa elles außer Hochdeutsch. Hahaha."

Als sich Charlotte nach drei Stunden Computerkurs auf den Heimweg machte, schwirrte ihr nicht nur der Kopf, sie spürte auch Übelkeit in sich aufsteigen. Lag es daran, dass sie den ganzen Abend keine Zigarette geraucht hatte oder doch an der nervigen Art ihres Kursnachbarn?

„Ich frage mich, wie ich diesen unsäglichen Oberstudienrat noch fünf weitere Abende ertragen werde. Der Kerl raubt mir den letzten Nerv. So ein Besserwisser!"

Am folgenden Morgen erzählte Charlotte ihrer Freundin Marlene haarklein jede Einzelheit des ersten Kursabends. Im Rückblick fand sie Schröder noch unerträglicher als während des Seminars. Und der schwäbische Dialekt, mit dem er sprach, war ebenfalls nicht dazu angetan, ihn ihr sympathischer zu machen.

Oberlehrer Schröder gerierte sich am folgenden Seminartermin noch aufdringlicher als am ersten Abend. Immer wieder leistete er Charlotte ungebetene Hilfe. Dabei schlug sich Charlotte prächtig und bekam die Bedienung des Computers, trotz häufiger Hustenanfälle, immer besser in den Griff. Der ständige Methodenwechsel und die Übungsphasen brachten Charlotte solche Erfolgserlebnisse, dass sie fast ihre Nervosität, die ihrer Sucht geschuldet war, vergaß. Toni Mischkes Unterricht gefiel ihr ausgesprochen gut.

Nur Made Schröders Belehrungen und Hinweise, doch mal diese oder jene Tastenkombination oder für Befehle die F-Tasten in der obersten Reihe der Tastatur auszuprobieren, brachten sie von Mal zu Mal mehr in Rage.

„Sagen Sie mal, Frau Mischke", meldete sich der ältere Herr Kiebitz eines Abends zu Wort, „wieso sagen Sie denn immer *Computer*, wenn Sie *Rechner* meinen. Und *Download* oder *E-Mail* ließen sich doch problemlos mit *Herunterladen* oder *elektronische Post* übersetzen."

Schröder stimmte Kiebitz begeistert zu, bevor er sich wieder um Charlotte kümmerte.

Es half Charlotte auch nicht, den Oberstudienrat barsch zurückzuweisen oder die Dozentin um Beistand zu bitten. Schröders Selbstbewusstsein blieb ungebrochen, und er schaffte es auch am letzten Kursabend, ihr sein schwäbisches Halbwissen aufzudrängen. – Charlotte trug sich seit längerem mit Mordgedanken. Sie malte sich aus, wie es ihr gelingen könnte, diesen lästigen Schwätzer aus dem Leben zu befördern, ohne dass man sie als Täterin fassen würde.

„Heimlich Zyankali oder flüssiges Nikotin in seinen Pausenkaffee schütten, scheidet aus. So etwas können die Rechtsmediziner ganz schnell nachweisen. Ich könnte ihn mit der Tastatur erschlagen. Aber ich habe sicher nicht so viel Kraft, diesen Dickschädel zu zertrümmern. Vielleicht könnte ich warten, bis er nach dem Seminar das Gebäude verlässt und von oben einen Computer auf ihn fallen lassen ..."

Charlotte entwarf die absurdesten Mordszenarien. Danach ging es ihr aber besser.

„Auf jeden Fall werde ich Schröder in meinen nächsten Kriminalroman einbauen. Dort wird es mir ein Leichtes sein, ihn umzubringen."

Nach dem letzten Kursabend bedankte sich Charlotte bei Toni Mischke für das gelungene Seminar und freute sich auf ein Leben ohne Obermade Schröder und deren schulmeisterliche Ratschläge.

Die Teilnehmer verabschiedeten sich voneinander, der grauhaarige Kiebitz sogar mit Handkuss von Dozentin und Charlotte. Gleich darauf stürzte Charlotte davon, nur um Schröder zu entwischen. Sie hatte keine Lust auf eine Abschiedsszene mit dem schwammigen Angeber. Doch Made Schröder holte Charlotte ein, als sie gerade aus dem Hauptportal auf die Straße trat.

„Ond Mädle", meinte er, während er seine Karte in ihre Hand drückte, „zögere Se nedde, meine Dienschde en Anspruch zu nemme, wenn Se mit der Bedienung Ihres Läptöples überfordert send."

Charlotte versagte sich die boshafte Bemerkung, die ihr auf der Zunge lag, wünschte Schröder insgeheim zum Teufel und entkam mit dem Hinweis, dass sie gern auf sein großzügiges Angebot zurückkommen würde, falls die Verfassung ihres *Läptöples* dies erforderlich mache. Seine Karte versenkte sie in die Tiefen ihrer Handtasche. Sie konnte sicher sein, dass sie von dort nie wieder auftauchen würde. Ohne weiteren Gruß, aber mit ihrem bekannten spöttischen Grinsen auf den Lippen machte sie sich davon und wünschte, sie hätte den Computerwurf aus dem dritten Stock gewagt.

Schröder winkte ihr nach und drehte sich um. Dann ging er mit festem Schritt und einem zufriedenen Lächeln auf dem Gesicht über die Straße. Den mit Computerzubehör beladenen Lkw, der mit überhöhter Geschwindigkeit ange-rast kam, übersah er. Reifen quietschten. Charlotte hörte einen lauten Knall. Als sie sich erschrocken umdrehte, floss blässlich wässriges Blut über den weißen Schnee. Charlotte wandte sich ab, steckte sich eine Zigarette an und tat einen tiefen Zug.

Nachtschicht

Oskar Dragoner hasst jeden Moment seiner abendlichen Rundgänge. Das sehe ich ihm an, wenn ich zu ihm hochblicke. In seinem alten Adidas-Trainingsanzug, der ihm schon zu Zeiten meines Urgroßvaters zu eng war, würde er heute wieder als modisch gekleidet gelten, trüge er zu seinem Trainingsanzug weder weiße Socken noch karierte Filzpantoffel. Der Reißverschluss seiner Sportjacke hat längst den Geist aufgegeben. Das armfreie, ehedem weiße Unterhemd – Feinripp Größe XXL sagt seine Frau – spannt über seinem Bauch. Aus dem Ausschnitt quillt gelbliches, strohiges Fell bis zum Hals hinauf.

Bei jedem Schritt schnaubt er wie ein alter Ackergaul, der schwerste Feldarbeit verrichtet. Schon nach wenigen Minuten seines Rundgangs treten Schweißperlen auf seinen fast kahlen Schädel und klatschen nacheinander auf den Steinfußboden. In seinem Stiernacken hält sich beharrlich ein lachsfarbener Haarkranz, der, wie Gloria von Scharmützeleck – meine Freundin, die Dalmatinerin – vor kurzem spöttisch bemerkte, einen aparten Kontrast zum Dunkelblau seines Trainingsanzugs abgibt. Morgens im Bad, wenn ich ihm bei seiner Katzenwäsche zuschaue, gleicht er einem räudigen verfetteten Mops mit Staupe. Der Hausmeister hält sich beim Fressen genauso wenig zurück wie meine krummbeinigen Artgenossen.

Ich mag die Einsätze in der Abendschule auch nicht. Mein Herrchen hat mich aufs Knurren und Zähnefletschen dressiert. Dabei bin ich lammfromm und tue keiner Fliege was zu Leide, geschweige denn einem Zweibeiner.

Den Boss kann ich im Grunde nicht ausstehen. Aber er ist nun mal der Erste im Rudel. Außerdem gehören Oskars Frau Elfriede, Sohn Heinrich und Tochter Manuela dazu. Natürlich stehe ich in der Rangordnung ganz am Ende. Und immer wenn ein neuer Mensch zum Rudel stößt – und sei es nur zu Besuch –, werde ich zum Omega-Tierchen degradiert.

Ich sehe dem Boss an, dass er sich fragt, warum zum Teufel der Unterricht des Abendgymnasiums ausgerechnet im dritten Stock stattfinden muss. Sein grimmiger Gesichtsausdruck duldet keinen Zweifel, dass er Schüler und Lehrer für das mühsame Treppensteigen verantwortlich macht. Dafür und dass er ihretwegen seine Lieblingsserie verpasst, hasst er sie.

Punkt 21.45 Uhr reißt er die erste Tür auf und schreit „Feierabend!" ins Klassenzimmer. So lauten die Parole und das Kommando. Nun beginnt meine lästige Arbeit: Pflichtschuldig knurre ich und fletsche die Zähne. Meine schwarzen Lefzen heben sich bebend und geben den Blick auf ein blendend weißes Gebiss frei, dessen hervorstechendes Merkmal die beiden riesigen Fangzähne sind, die aus meinem Oberkiefer ragen. Ich muss zum Fürchten aussehen, denn alle Augenpaare starren mich an. Der Boss ähnelt mehr einer Karikatur. Als derart ungleiches Paar verharren wir im Türrahmen, bis Lehrer und Schüler das Zimmer geräumt haben und aus dem Gebäude hasten. Diese Prozedur wiederholt sich bei jeder der fünf Türen auf der Etage. Bei der dritten Tür muss ich mich besonders zusammenreißen. Da huscht Sebastian mit dem kleinen Jack Russel im geschlossenen Weidenkörbchen an uns vorbei. Wir würden uns ja gern begrüßen, aber manchmal ist Höflichkeit nicht am Platze.

Mit zufriedenem Grunzen knipst der Boss das Licht aus und sperrt die Räume ab. Gemeinsam verlassen wir anschließend das Schulgebäude. Feierabend auch für mich. Auf dem kurzen Nachhauseweg träume ich von einer Herde Schafe, wie ich sie kürzlich in einer Reportage über Neuseeland in der Glotze sah, während mein Herrchen neben mir im Sessel eine Unmenge von Erdnüssen in sich hineinfraß. Gloria nimmt sowieso an, ich hätte in einem früheren Leben Schafe gehütet. Ich sei so gütig, kläfft sie. Ich weiß es nicht. In Neuseeland aber wäre ich der Boss. Nun, das wird wohl ein Traum bleiben.

Liebend gern würde ich mit meinem Kumpel in Neuseeland Schafe hüten. Wenn ich Charon erschnuppere, würde ich ihn gern grüßen, aber er knurrt nur leise, dass ich still sein soll, damit ich unentdeckt bleibe, während Sebastian mit mir das Klassenzimmer verlässt. Man wisse ja nie, wie sein Boss, der borstige Hausmeister, auf andere Hunde reagiere. Der gutmütige Charon verrät mich nie. Hundeehrenwort!

Mein Mensch Sebastian liebt Hunde. Auch Charon, die hochläufige, blauschwarze, dänische Dogge macht ihm keine Angst. Die anderen Abendschüler schlottern, wenn sie sich an Dragoner und Dogge vorbeidrücken müssen.

Jedes Mal schmuggelt mich Sebastian in einem Weidenkorb zum Unterricht. Ich bin zum Glück etwas kurz geraten.

Aber lange nicht so kurz wie mein Freund Herr Schmidt, der Rauhaardackel. Ich bin ein Jack Russel, das heißt ich gehöre zu dieser kleinen ungemein intelligenten Hunderasse, die niemals müde wird. Sebastian nennt mich aus Jux manchmal Jack Daniels. Damit will er mich ärgern. Aber aus Whiskey mache ich mir nichts. Ich trinke lieber klares Quellwasser aus den Vogesen, und es war gar nicht einfach, Sebastian beizubringen, bitte nur dieses Wasser für mich zu kaufen.

Draußen schnallt Sebastian den Korb auf den Gepäckträger, schwingt sich auf sein klapperndes Fahrrad und strampelt nach Hause. Kurz nach zehn erreichen wir unsere Wohnung. Er kaut an einem Döner, den er sich unterwegs gekauft hat, und macht sich sofort an seine Hausaufgaben. Ich bekomme diese köstliche Fertigmahlzeit mit der Petersilie. Er lernt noch bis Mitternacht. Dann fallen ihm die Augen zu. Manchmal schläft er beim Lesen ein. Aber meistens schafft er es bis ins Bett. Schlaftabletten braucht er nicht. Nur dem Wecker, der um sechs Uhr früh seinen aufdringlichen Piepston ausstößt, gelingt es, ihn Morpheus' Armen zu entreißen. Da bin ich längst wach und warte auf meinen Morgenspaziergang.

Um sieben rennen wir beide aus dem Haus. Sebastian steigt auf sein Fahrrad, und ich laufe an der Leine nebenher. Um acht erreichen wir die Spedition, wo Sebastian im Büro arbeitet. Ich darf unterm Schreibtisch in einem Körbchen sitzen. Mittags gehen wir raus und rasen drei Runden um den Block. Pünktlich um halb fünf packt Sebastian seine Sachen, und wir spurten zur Abendschule. Am Eingang hüpfe ich brav ins Körbchen. Der Unterricht beginnt um fünf. So geht das seit zwei Jahren. Wenn er noch ein Jahr durchhält, wird er seine Prüfung mit Auszeichnung bestehen. Er spricht immer vom Abitur. Mir ist ja egal, mit welchem Schulabschluss Sebastian mein Futter verdient. Aber er will unbedingt *Germanistik* studieren und Lehrer werden. Dafür verlangt die Schule für Menschen diese Prüfung.

Mein Mensch geht von Montag bis Donnertag aufs Abendgymnasium der Volkshochschule. Jetzt bereut er, dass er sich als junger Kerl dem Lernen verweigert hat. Für mich war schon als Welpe Hundeschule angesagt. Und es hat Spaß gemacht. Meine Prüfung habe ich mit Bravour bestanden. Ich bin eben ein intelligenter Bursche.

Mein Vater erzählte mir, dass Sebastian früher keine Lust auf Schule hatte. Er trieb sich lieber auf dem Sportplatz rum; er wollte Profifußballer werden. Leider kam ihm ein Bänderriss dazwischen. Nach der ersten Prüfung, die Menschen in ihrer Schule ablegen müssen, machte er eine Lehre zum Speditionskaufmann. Bald gefiel es ihm aber nicht mehr, nur Lastwagen quer durch Europa zu schicken.

Neben Fußball liebt Sebastian das Lesen über alles, auch wenn seine Eltern ihm diese Neigung nicht vererbt haben. Ich erinnere mich noch gut, als er einmal seinen Vater anrief und fragen wollte, ob das Weihnachtsgeschenk passen würde, das er für seine Mutter ausgesucht hatte. Bevor der Vater antworten konnte, rief seine Mama so laut, dass wir beide es deutlich durch die Ohrmuschel gellen hörten: „Und sag' ihm bitte auch, ein Buch braucht er ebenfalls nicht zu kaufen. Das Regal ist voll!"

Menschen sind manchmal komisch. Aber Sebastian ließ sich dadurch nicht von seinem Weg abbringen. Seine Eltern wollte er nicht missionieren. Immerhin lasen sie Zeitung. Ich zerrupfe die Zeitung jedes Mal nach der Lektüre und polstere damit mein Körbchen. Sebastian wird richtig zornig, wenn ich mir eine Ausgabe schnappe, die er noch nicht studiert hat.

Beinahe jeden Sonntag beim Joggen treffen wir Gloria, die Dalmatinerin. Eines Morgens trottet sie mit gesenktem Kopf und trauriger Rute neben ihrem Frauchen her. Ich bin sicher, dass Sebastian mehr als nur ein Auge auf die hübsche Blondine geworfen hat. Er grinst sie unentwegt an, und beide kichern dümmlich vor sich hin. Dann färben sich ihre Wangen rosa. Menschen eben! Wir Hunde sind da ganz anders! Ich schnüffle lieber an Glorias Hinterteil.

Während die beiden Zweibeiner flirten, erfahre ich von Gloria die neuesten Nachrichten.

„Unser Freund Charon ist gestern gestorben. Ganz überraschend", bellt sie mir zu.

Er litt seit Jahren an Hüftgelenkdysplasie; Auslöser für sein Hinscheiden war allerdings sein schwaches Herz. Die Nachricht trifft mich hart. Mit Charon verliere ich den zuverlässigsten und treuesten Kumpel. Künftig wird der Hausmeister ohne hündische Begleitung durchs Treppenhaus geistern. Das geschieht dem alten Griesgram ganz recht!

Am folgenden Montag schwänzen wir die Schule. Sebastian muss für einen Kollegen den Abenddienst machen. Dienstag ist Feiertag, so dass wir erst Mittwoch wieder zum Unterricht gehen.

Pünktlich auf das Klingeln reißt der Hausmeister wie gewöhnlich die Klassentür auf und schreit „Feierabend!" in den Raum. Neben ihm knurrt ein riesiger schwarzbrauner Schäferhund und fletscht die Zähne. Er macht keineswegs einen so gemütlichen Eindruck wie sein Vorgänger Charon.

Ich bin entsetzt, dass Dragoner stante pede Ersatz herbeigeschafft hat. Ganz ohne Trauerzeit! Was für ein Mensch! Als Sebastian und ich an beiden Zerberussen vorbeihuschen wollen, schlägt Hasso an. Hausmeister Dragoner klappt den Deckel meines Weidenkorbs hoch. Gleich darauf tropfen drei seiner frisch produzierten Schweißperlen auf meine Stirn. Ich schüttle mich, und als ich wieder die Augen öffne, glotze ich direkt in das sabbernde Maul von Hasso Schäferhund.

„Das hat Konsequenzen", brüllt der Hausmeister. „Hunde sind in der Schule verboten!"

Sebastian meint, dass dies dann wohl auch für seinen Köter gelte, woraufhin der Hausmeister schier ausrastet und nur unsere Flucht Schlimmeres verhütet.

Klugerweise ruft mein Mensch am folgenden Morgen den Direktor der Volkshochschule an und erklärt ihm die Lage. Er könne mich nicht den ganzen Tag allein lassen. Außerdem würde ich den Unterricht nie stören, da ich die ganze Zeit im Körbchen säße und mich ruhig verhielte. Da der Direktor nicht nur ein Herz, sondern selbst einen Hund hat, drückt er beide Augen zu und dem Hausmeister eine Dienstanweisung in die Hand. Daraufhin lassen Dragoner und Hasso uns in Ruhe.

Ein Jahr später besteht Sebastian mit Bravour das Abitur und nimmt sein Studium auf. Inzwischen sind er und Glorias Frauchen ein Paar; Gloria und ich ebenfalls. Seit drei Monaten wohnen wir vier auch zusammen. Den fetten Hausmeister traf übrigens im vergangenen Sommer der Schlag.

Stella und Gretchen

Dienstag, 2. Oktober 1984. Rainer zieht seine wetterfeste Jacke über. Kurz vor acht verlässt er das Haus. Der Wetterbericht hat für den Abend Niederschlag vorausgesagt. Pünktlich um 20 Uhr setzt der Regen ein. Für den Weg zur Volkshochschule benötigt Rainer knapp zehn Minuten. Länger benötigt auch der Regen nicht, um ihn aufzuweichen. Die Regenjacke ist ihr Geld nicht wert. Rainer hastet auf die Toiletten im Erdgeschoss zu und trocknet sich im Waschraum notdürftig mit Papierhandtüchern. Ein Blick in den Spiegel verrät ihm, dass er eher einem begossenen Pudel ähnelt als einem menschlichen Wesen. Seinen ersten Abend im Literaturkurs hat er sich anders vorgestellt. „Gegen die Natur kommt man nicht an", sagt er sich und betritt den Seminarraum.

Kaum hat er einen Fuß in den Raum gesetzt, wird ihm heiß. Das Blut saust durch seine Adern wie Rennautos in einem Motodrom; sein Puls galoppiert. – Gegen die Natur kommt man nicht an. Dieser Gedanke schießt ihm wieder durch den Kopf und brennt sich in sein Gedächtnis ein. Die Kälte, die er noch auf der Toilette und im Treppenhaus gespürt hatte, ist einer Hitzewallung gewichen, die ihn während des Unterrichts mehrfach überfällt.

Rainer tritt in den Seminarraum und sein Blick trifft auf den einer jungen Frau. Goethes Frauengestalten, das Semesterthema, rauscht diesen Abend an ihm vorüber.

47

Neugierig beobachtet Hanna Wolf, eine mittelalterliche Dame mit fein gemeißeltem Helm aus blondiertem Haar, die Szene. Mit einem wehmütigen Lächeln wandert ihr Blick zwischen den beiden jungen Menschen hin und her. Die Szene weckt die Erinnerung an ihre erste Begegnung mit dem kürzlich verstorbenen Gatten.

Dienstag, 13. April 2010. Rainer und Renate sitzen sich gegenüber – sie inzwischen angegraut und mollig, er mit Halbglatze und Bierbauch. Sie sitzen auf denselben Plätzen, im selben Raum wie bei ihrem ersten Kursbesuch vor fast sechsundzwanzig Jahren und strahlen sich an.

Der Raum im Dachgeschoss der Volkshochschule hat sich kaum verändert. Die neue Leitung ersetzte immerhin die Stühle. Die Pos unzähliger Menschen waren dem orangefarbenen Polster aus den achtziger Jahren zu Leibe gerückt. Die einen rutschten nervös hin und her, andere pressten ihre schwitzenden Hände zwischen Polster und Oberschenkel. Den massenhaft wechselnden Besitz hielt der Stoff nicht aus. Abgewetzt gab er auf und ließ an vielen Stellen das Schaumgummi hervorquellen. Bohrende Finger aufgeregter Teilnehmer besorgten den Rest.

Der einst fahle Anstrich des Raumes löste bei manchem Besucher Schwermut aus. Heute glänzen die Wände in sonnigem Gelb. Im vergangenen Sommer leistete die Malerkolonne der Ein-Euro-Jobber beachtliche Arbeit. Nur der Wasserfleck an der Decke war noch immer derselbe.

In all den Jahren hatten viele Seminare den Raum genutzt. Aber kein Seminar hatte so lange gehalten wie der Literaturkurs. Jedes Semester findet er mit wechselnden Themen statt und jedes Semester ist er als einer der Ersten ausgebucht. Die Direktorin der Volkshochschule spricht liebevoll von ihrem Betonkurs.

„Da bröckelt niemand ab", beruhigt sie die junge Kollegin, die befürchtet, dass er nicht zustande kommt. Die Neue organisiert erst seit kurzer Zeit den ältesten Literaturkurs im Land. Ihr fehlt die Erfahrung.

Die Teilnehmer am Literaturseminar altern gemeinsam mit den beiden Dozenten und halten zusammen wie die Olsenbande. Das liegt nicht nur an der Thematik. Vor sechsundzwanzig Jahren hatte Dr. Gerald von der Felde sein erstes Seminar an der Volkshochschule gehalten. Dorthin hatte ihn ein Zufall geführt. Anfangs unterrichtete er nur am Germanistischen Seminar der Universität. Inzwischen ist er längst pensioniert. Schon beim ersten Kurs an der Volkshochschule fiel ihm auf, wie motiviert die Teilnehmer waren und dass sie an seinen Lippen hingen. Das beflügelte ihn enorm und tat seiner Eitelkeit gut. Inzwischen leitet er das Seminar zusammen mit einem seiner ehemaligen Studenten, der als Deutschlehrer an einem Elitegymnasium unterrichtet. Florian Habicht ist ein ruhiger Geselle, fast leidenschaftslos in seiner Gelassenheit. Nichts bringt ihn aus der Ruhe, nicht einmal seine gesichtsgepiercten Schülerinnen. Habicht besitzt das Phlegma eines weisen Buddhas, das in krassem Gegensatz zum unruhigen Temperament seines älteren Kollegen steht. An der Uni fürchteten die Studenten die cholerischen Ausbrüche Dr. von der Feldes, wenn sie wieder einmal die Bücher nicht gelesen hatten, die besprochen werden sollten. An der Volkshochschule sind solche Gewitter unnötig. Dieses Publikum liest freiwillig; drohen muss man ihm nicht.

Dienstag, 2. Oktober 1984. Rainer und Renate nehmen die pointenreichen Ausführungen Dr. von der Feldes kaum wahr. Ihnen entgeht das traurige Schicksal von Stella und Gretchen. Ihre Aufmerksamkeit gilt nur einander. Der Gong verkündet das Ende der Stunde. Beide schrecken hoch, denn sie waren tief in ihre Gesichter und in ihre Gedanken versunken. Als alle anderen Teilnehmer und der Dozent den Raum verlassen haben, nehmen sie sich ein Herz und gehen aufeinander zu. Gleichzeitig sprudeln die Worte aus ihnen heraus. Gleichzeitig verstummen sie auch wieder. Sie grinsen sich an und brechen gleichzeitig in lautes Gelächter aus. Sie kichern und glucksen wie Schulkinder in der Pubertät. Beiden ist von diesem Moment an klar, dass sie sich nicht gesucht, aber gefunden haben. Liebe sprüht ihnen aus allen Poren. Von Pheromonen wissen sie noch nichts.

Langsam verlassen Rainer und Renate den Unterrichtsraum und steigen die vier Stockwerke hinunter. Sie unterhalten sich angeregt über Goethe und seine Frauen. Auf ihrem Weg nach unten gehen plötzlich alle Lichter aus. Nur die Notbeleuchtung wirft einen schwächelnden Strahl in das Treppenhaus. Sie lassen sich nicht irritieren und schreiten weiter bis in den Keller hinab. Beide bemerken nicht, dass sie das Erdgeschoss hinter sich gelassen haben. Die Treppe endet vor dem Entspannungsraum. Rainer und Renate gehen durch die offene Tür. Erst an der gegenüberliegenden Wand findet ihre Reise in den Untergrund der Volkshochschule ein jähes Ende. Sie sehen einander an und ihre Blicke fragen, wie sie dorthin gelangt sind. Wieder müssen sie kichern.

Im Raum stapeln sich meterhoch die Gymnastikmatten. Daneben türmen sich Decken für den Yogakurs. Besser hätte kein Regisseur die Szene einrichten können. Aber Rainer und Renate machen kehrt und eilen die Treppe wieder hinauf ins Erdgeschoss zur Eingangstür. Alles Rütteln hilft nichts. Sie ist verschlossen. Auch vom Hausmeister keine Spur. Vor den Fenstern im Erdgeschoss sind Gitter angebracht. Und ein Sprung aus der ersten Etage scheint beiden zu gefährlich. Wieder biegen sie sich vor Lachen. Handys, um Hilfe herbeizurufen, wird es in Deutschland erst Ende der 80er Jahre geben. Sie kehren zur Treppe zurück, hüpfen die Stufen hinab in den Keller hinunter und richten sich im Entspannungsraum nun doch ein bequemes Nachtlager aus Matten und Decken. In dem verlassenen Gebäude erleben Rainer und Renate ihre erste und die ungewöhnlichste Liebesnacht ihres Lebens.

Am nächsten Morgen wecken gurgelnde Heizungsrohre das junge Paar. Ein Blick aus den vergitterten Kellerfenstern zeigt ihnen finstere Nacht. Rainer und Renate kuscheln sich noch ein wenig aneinander, dann beseitigen sie alle Spuren ihrer stürmischen Begegnung. Sie schweben wieder zur Eingangstür. Die ist immer noch verriegelt. Auf der Suche nach einem anderen Ausgang gelangen sie in die Schulküche. Der Kaffee, den sie sich dort heimlich kochen, schmeckt gut wie lange nicht mehr.

Gegen acht hören sie den Hausmeister über den Flur schlurfen. Vorsichtig öffnen sie die Küchentür und stehlen sich über die Eingangshalle durch das Hauptportal aus dem Schulgebäude. Am selben Morgen findet Frau Lessing, die Putzfrau, die gelben Reclamheftchen, die Rainer beim hastigen Aufbruch aus der Tasche gefallen waren. Frau Lessing legt Goethes Faust und das Schauspiel Stella zu den Fundsachen ins Anmeldesekretariat.

Seit jenem unvergessenen ersten Abend im Literatur-seminar sind Rainer und Renate ein Paar. Einige Monate später heiraten sie. Die Gretchenfrage stellte sich nicht, da beide aus der Kirche ausgetreten sind. Den Kurs besuchen sie fleißig weiter. An Lesestoff mangelt es nicht. Lyrik, Romane, Erzählungen und Essays: Rainer und Renate verschlingen alles, was die beiden Dozenten empfehlen. Die Literatur des achtzehnten und neunzehnten Jahrhunderts mögen sie am liebsten: vor allem die Werke Goethes.

Jedes Semester freut sich das Ehepaar auf den ersten Kursabend. Und wenn nach dem Seminar die anderen Teilnehmer und die Dozenten gegangen sind, bleiben Rainer und Renate im Schulgebäude zurück. Sie verstecken sich auf den Toiletten, in der Küche oder in der Besenkammer und warten, bis der Hausmeister das Licht löscht. Dann schweben sie mit leuchtenden Augen zum Gymnastikraum in den Keller hinunter. Am Morgen danach bereiten sie sich in der Schulküche ihren Kaffee und schleichen sich anschließend glücklich aus dem Haus. Nie wurden sie bei ihrem Tun ertappt.

Zusammen mit Hanna Wolf sind Rainer und Renate die dienstältesten Teilnehmer in Dr. von der Feldes Literaturseminar. Frau Wolf kannte noch Thomas Mann. Als Schülerin lauschte sie 1955 in Stuttgart seiner berühmten Schillerrede und wird nie müde, wortreich darüber zu berichten.

Dienstag, 13. April 2010. Für ihre Silberne Hochzeit haben sich Rainer und Renate eine ungewöhnliche Umgebung ausgesucht. Die Feier findet mit Genehmigung der Direktorin in der Volkshochschule statt. Die alte, inzwischen weißhaarige Hanna Wolf lässt es sich nicht nehmen, für die beiden Literaturliebhaber eine Laudatio zu halten. Sie flicht viel Schiller, Thomas Mann und ein wenig Goethe ein. Auch Dr. von der Felde und Florian Habicht ehren ihre langjährigen Teilnehmer mit gedrechselten Festreden. Die Chefin des Hauses überreicht einen Blumenstrauß. Das Ehepaar strahlt wie am ersten Tag. Sekt und Schnittchen reichen die Töchter Stella und Gretchen. Die Zwillinge feiern demnächst ihren fünfundzwanzigsten Geburtstag.

Bärlauchtrüffel

„Irgendwann bringe ich den Professor um, irgendwann bring ich ihn um!"

„Jetzt sag doch so was nicht, Thaddäus."

„Wieso nicht, Nora? Er hat Charlotte vergiftet. Das steht fest."

„Das steht eben nicht fest, Thaddäus. Das nimmst du lediglich an. Beweisen kannst du es nicht. Also beruhige dich und nimm deine Tropfen!"

„Erwin Reichwein, dieser hochnäsige Professor der Önologie, hat Charlotte vergiftet. Professor der Önologie, ha, dass ich nicht lache! Ausgerechnet der will seinen Studenten erklären, wie man Weine keltert und reifen lässt. Davon hat der doch keine Ahnung. Sein Keller ist genauso feucht wie unserer. Da verschimmeln alle Korken. Und unsere Katze Charlotte hat er vergiftet. Das steht fest!"

„Was feststeht, Thaddäus, ist, dass du vergangene Woche die Zweige seines Goldregens gekappt hast, die auf unser Grundstück ragten. Und letzten Herbst hast du alle seine Weintrauben mit Benzin übergossen und angezündet. Euer Kleinkrieg ist wirklich nicht zum Aushalten."

„Nora, ich habe ihm seinen Scheißtrollinger flambiert, weil der Kerl ständig seinen stinkenden Mercedes vor unserem Küchenfenster parkt. Und du weißt selbst, wie er beim Losfahren immer derart aufs Gaspedal tritt, dass die Rußwolke aus dem Auspuff uns jeden Morgen die Küche verpestet und das Frühstück vermiest. Er sollte nur mal sehen, wie das ist, wenn man dauernd Benzingeruch in der Nase hat. Und um seine sauren Trauben war es nun wirklich nicht schade."

Nora kennt diese Diskussionen zur Genüge. Sie enden immer damit, dass sich Thaddäus die spärlich verbliebenen Haare rauft und sich ans Herz greift. Und tatsächlich, kaum hat er den letzten Satz gesagt, rauft sich Thaddäus die Haare und greift sich ans Herz. Nora träufelt zwanzig Tropfen Baldrian auf einen Teelöffel und flößt ihrem Mann die Medizin ein. Danach geht es ihm besser. Aber abregen will er sich nicht. Im Gegenteil: Sein Ärger wallt erneut auf.

„Dieser so genannte Professor gibt einfach keine Ruhe. Wir wohnen seit dreißig Jahren in diesem Haus. Und nie hatten wir Probleme mit den Nachbarn! Kaum zieht dieser Reichwein in die Mathildenvilla, da geht der Ärger los. Erinnerst du dich, als er letztes Jahr seine Leiter in unseren Garten stellte, um die Kirschen von seinem Baum zu pflücken? Dabei gehören die Äste, die auf ein Nachbargrundstück ragen, den Nachbarn und folglich gehörten die Kirschen uns. So will es das Gesetz."

„Das mag ja alles sein, Thaddäus, aber du hättest ihn nicht mit dem Gartenschlauch nassspritzen und hernach die Äste absägen müssen. Der arme Baum! Und die Lungenentzündung, die sich der Professor geholt hat, geht auch auf dein Konto. Deshalb brauchst du dich gar nicht zu wundern, dass er nach seiner Genesung alle unsere Rosen tranchiert hat; keine einzige ließ er übrig. Sämtliche Blüten und Knospen warf er auf unseren Komposthaufen. Sogar meine geliebte *Diana* verschonte er nicht. Und im Grunde ist das deine Schuld!"

„Meine Schuld? Jetzt hört sich aber alles auf. Reichwein hat angefangen! Wer stopft denn immer sein welkes Laub in unsere Mülltonne? Ich nicht! Und wer mäht sonntags in aller Herrgottsfrühe seinen mickrigen Rasen? Ich nicht! Und wer hat die stimmgewaltigen Frösche absichtlich in seinen Gartenteich gesetzt? Ich nicht! Seit Wochen kann ich nachts nicht mehr schlafen, weil die blöden Viecher endlos quaken. Der Lärm ist nicht auszuhalten. Und Reichwein lacht sich ins Fäustchen."

Nora seufzt.

„Ich mach dir einen Vorschlag, Thaddäus. Damit du auf andere Gedanken kommst, gehen wir heute Abend zu Oliver Saibling ins *Carpe Diem*. Wir speisen fein, und schon sieht die Welt ganz anders aus. Was meinst du?"

„Wie Recht du doch hast, Nora. Dem alten Zausel soll es nicht gelingen, mich über den ganzen Tag hinweg zu ärgern."

Mit Handschlag und näselnder Stimme begrüßt Starkoch Oliver Saibling das Ehepaar Pöntzgens und führt seine Stammgäste höchstpersönlich zu ihrem Lieblingstisch. Seit er zum Fernsehkoch aufgestiegen ist, tönt seine Stimme vorzugsweise aus der Nase. Dienstags ist es nicht erforderlich zu reservieren. Dennoch ist der Gourmettempel gut besucht. Nora und Thaddäus genehmigen sich das Vier-Gänge-Menü. Die Consommé vom Hirsch verfeinert Saibling mit hauchdünnen Streifen vom Vikunja, einer argentinischen Kamelart. Der zweite Gang, Zanderparfait an Thymianschaum, mundet dem Ehepaar ebenfalls vorzüglich. Auch die Barbarie-Entenbrust könnte nicht besser zubereitet sein. Der Drei-Sterne-Koch ist berühmt für seine ungewöhnlichen Kreationen. Die Ente serviert er gespickt mit grünem Pfeffer, der drei Wochen in altem Balsamessig maceriert hatte. Dazu reicht er *pommes dauphines*. Die Kartoffelkrapfen sind mit Feigenmousse gefüllt und zergehen auf der Zunge. Als Dessert kredenzt der Küchenchef seine neueste Schöpfung: *nougat glacé au caramel*. Thaddäus und Nora sind begeistert. Das Nougateis ist mit einem Gittermantel aus feinstem Karamell überzogen. Und der Clou des Ganzen: Im Eis verborgen liegt eine beschwipste Amarenakirsche.

„Unglaublich, welch unterschiedliche Zutaten Saibling kombiniert. Alles vereint sich auf Gaumen und in der Nase zu einem Feuerwerk des Hochgenusses. Die drei Sterne hat er sich redlich erkocht. Nur etwas weniger Arroganz stünde ihm gut", flüstert Nora ihrem Thaddäus zu und tupft sich mit der Stoffserviette die Mundwinkel ab.

„Ganz deiner Meinung, Nora. Er ist ein Meister seines Fachs. Die Franzosen nennen seinesgleichen *cordon bleu*. Vor ein paar Jahren simmerte er noch als zweiter Küchenchef in der *Alten Scheune* vor sich hin. Nun sind ihm die Sterne und die Fernsehshow wohl zu Kopf gestiegen. Aber er kocht einfach göttlich."

Nach dem Genuss des köstlichen Mahls, das sie mit einer Flasche roten Meursaults krönten, hoffen Pöntzgens zu Hause in wohligen Schlaf zu fallen. Sie verzichten auf den abschließenden Espresso, der sie nur wieder munter gemacht und ungeschützt dem Quaken von Reichweins Fröschen ausgesetzt hätte.

Für Pöntzgens ist die Nacht um fünf Uhr früh beendet. Die grünen Amphibien in Nachbars Gartenteich veranstalten ein Konzert von einer Lautstärke, die das Fortefortissimo aus Tschaikowskis *Symphonie pathétique* in den Schatten stellt – mit deutlich weniger Noten freilich.

Thaddäus Pöntzgens steht senkrecht im Bett. Seine Frau Nora gähnt und reibt sich die Augen. Sie klappt ein Augenlid hoch und sieht gerade noch, wie ihr Mann aus dem Zimmer stürmt und die Treppe hinunter stiebt. Nora hechtet ihrem Mann ins Erdgeschoss hinterher. Ihr schwant Böses. Sie kommt noch rechtzeitig genug um zu verhindern, dass Thaddäus mit seinem Luftgewehr auf die harmlosen, aber geschwätzigen Frösche feuert. Sie reißt ihm das Gewehr aus der Hand und schleudert es in eine Ecke. Daraufhin fällt ihr Mann erschöpft in einen Sessel, rauft sich die Haare und greift sich ans Herz.

Nora zählt vierzig Tropfen ab – die doppelte Dosis hält sie unter den gegebenen Umständen für gerechtfertigt. Brav schluckt Thaddäus seine Medizin.

„Nora, so kann das nicht weitergehen!", stöhnt Thaddäus. „Er oder ich!"

Nora schweigt beredt.

Am Nachmittag desselben Tages meldet sich Noras beste Freundin Regina König, die sich erst kürzlich von ihrem Lover getrennt hat, als er wegen seines Rückenleidens kaum mehr imstande war, sie zu befriedigen, und letztlich nicht nur sein Rücken ihm den Dienst versagte. Eine Zeitlang beeindruckte sie der Mann. Heute weiß sie nicht mehr warum, denn Norbert gehört eher zu der farblosen Sorte, die zu Hause bei Mutti besser aufgehoben scheint. Aber die geheimen Treffen im Hotel hatten etwas Prickelndes, Verbotenes. Gegenwärtig ist sie erneut auf Männerfang.

„Nora, *chérie*!", säuselt sie ins Telefon. „Hast du schon gehört, dass unser Drei-Sterne-Koch Saibling ab nächste Woche in seinem Restaurant einen Workshop durchführt? Unglaublich, aber der Volkshochschule ist es gelungen, ihn zu bezirzen. Er hat sie lange genug schmoren lassen. Jetzt lässt er sich tatsächlich herab, fürs *peuple* zu kochen. Das Seminar ist natürlich sündhaft teuer. Aber die Gelegenheit, vom Meisterkoch persönlich zu lernen, sollten wir uns nicht entgehen lassen. Was meinst du? Ich habe die drei letzten Plätze ergattert. Beziehungen sind einfach alles."

„Eine wunderbare Idee, Regina. Gestern noch haben wir ganz vorzüglich im *Carpe Diem* gespeist. Ich bin sicher, dass Thaddäus auch Lust hat mitzukommen. Etwas Zerstreuung kann ihm nur gut tun."

„Also abgemacht, *chérie*. Der Kurs beginnt am Montag um 18 Uhr. Bitte seid pünktlich!"

Nora und Thaddäus treten am Montag darauf Viertel vor 18 Uhr über die Schwelle des *Carpe Diem*. Eine Minute vor sechs blendet Regina die versammelten Kochschüler mit ihrem Auftritt und genießt deren bewundernde Blicke.

Auf den Glockenschlag erscheint der Starkoch im Gastraum. Die Teilnehmer applaudieren, und Oliver Saibling verbeugt sich selbstgefällig. Ein spöttisches Grinsen kann er sich nicht verkneifen. Nora und Regina schmachten den aalglatten Saibling an, und ihre Augen glänzen vor Bewunderung wie Zuckerguss auf einem Sandkuchen. Thaddäus schießt hingegen tausend Blitze aus weit aufgerissenen Augen ab. Nur gelten sie nicht Saibling. Den sieht Thaddäus gar nicht. Die Blitze treffen auf Erwin Reichwein, den Professor der Önologie, der – ebenfalls in der Erwartung vom Starkoch zu lernen –, denselben Kurs gebucht hat und jetzt den Pöntzgens schräg gegenüber sitzt.

„Der hat uns gerade noch gefehlt", raunt Thaddäus seiner Gattin zu, „Reichwein in unserem Kochseminar. Das kann ja heiter werden."

„Heute Abend wagen wir uns an die einfache Küche, die so viel mühsamer zu kreieren ist, als die raffinierte. Hier die Speisenfolge: *Bouillon aux fruits de mer épicés au romarin grillé.*"

„Meeresfrüchte in klarer Brühe, mit gegrilltem Rosmarin gewürzt", flüstert Regina Nora ins Ohr.

„Als Hauptgang arbeiten wir ein *faux bœuf bourguignon* vom Alpakalamm."

„Ein falscher Burgunder Rindereintopf", wispert Regina.

„Und zum Abschluss eine einfache *crème caramel au lait de bufflonnes*", näselt Saibling in sein Ziegenbärtchen.

„K-ar-amellp-udding aus B-üffel-milch. K-lingt interessant", stottert Regina.

Nora sieht skeptisch zu Thaddäus, der ebenfalls einen argwöhnischen Eindruck macht. Allerdings aus einem anderem Grund. Er blickt zu Reichwein hinüber, der ihn frech angrinst. Thaddäus schäumt die Galle. Nur der Gedanke an den Geruch kross gebratener Froschschenkel an Limonensauce beruhigt ihn. Thaddäus weiß auch, aus welchem Teich er die Frösche angeln wird.

„Wir verwenden nur die besten Ingredienzien, denn nur damit kann ein perfektes Gericht gelingen."

Die Teilnehmer nicken zustimmend und folgen Saibling ins Allerheiligste. Töpfe und Pfannen funkeln und blitzen. Alle Zutaten liegen zur Exekution bereit. Zwei Stunden später, nachdem Vor-, Haupt- und Nachspeise zubereitet sind, haben Küche und Gerätschaften ihren ursprünglichen Glanz verloren. Dafür brodeln Suppe und Eintopf auf einem verkrusteten Herd, während die *crème caramel* in ihrem Wasserbad im Backofen vor sich hin stockt. Die Spannung steigt. Eine kleine Gruppe Auserwählter deckt im Gastraum einen Tisch für

neun Personen. Dann serviert Saibling gönnerhaft das Fest-
mahl. Die Ahs und Ohs wechseln sich im Stakkato ab. Einige
Gourmets schmatzen selig, andere genießen still. Saiblings
Miene verrät höchste Befriedigung. Wie ein Buddha thront
er als Reinkarnation des französischen Meisterkochs Auguste
Escoffier auf seinem Stuhl. Nur Thaddäus blickt mürrisch auf
seinen Büffelmilchpudding. Der zanksüchtige Önologe hatte
ihm den besten Assistenzposten streitig gemacht.

„Abgekartetes Spiel!", mosert Thaddäus. „Ich wäre dran
gewesen, Saibling beim Schneiden des Fleisches zu sekun-
dieren. Aber Reichwein hat sich vorgedrängt. Das Köchlein
und der Professor duzen sich außerdem. Kein Wunder, dass
Saibling den vorzieht!"

„Saibling und der Professor kennen sich ewig, Thaddäus",
flüstert Regina. „Der Professor berät Saibling bei der Aus-
wahl und Beschaffung der Weine. Nur letztes Jahr gab es
mal ein Zerwürfnis wegen irgendwelcher Unregelmäßig-
keiten mit den Abrechnungen."

„Das erstaunt mich bei Reichwein nicht", gibt Thaddäus
hämisch grinsend zurück.

„Doch jetzt scheinen sie wieder ein Herz und eine Seele
zu sein", stellt Nora fest.

„Oder vielleicht doch eher wie Brust und Keule?", Thaddäus kichert über seinen schlechten Kalauer, aber Regina
und Nora glucksen vergnügt.

„*Gratin de courgettes à la fleur de lavende*", posaunt der
blasierte Koch den ersten Gang der letzten Speisenfolge wie
eine Fanfare heraus.

„Zucchiniauflauf mit Lavendelblüten", übersetzt Regina.

Auch der dritte Seminarabend beginnt *à la minute* mit
demselben Ritual: Wie an den beiden Montagen zuvor ver-

sammeln sich die Teilnehmer im Gastraum. Der Meisterkoch betritt Punkt 18 Uhr den Saal, nimmt huldvoll wie seinerzeit Queen Mum die Ovationen seiner Fangemeinde entgegen und verkündet in herablassendem Tonfall die Menüfolge.

„*Caille farcie et sa crème de marrons.*"

„Gefüllte Wachtel mit Maronencreme", wiederholt Regina auf Deutsch.

„Und als Dessert *terrine d'oranges à la menthe*."

„Orangenpastete mit Pfefferminze", murmelt Regina.

Reichweins Augen leuchten vor Begeisterung. An Süßspeisen kommt er nicht vorbei. Eines seiner wenigen Laster, wenn man von seiner Streitsucht absieht.

„Sie sehen, wir nähern uns der *haute cuisine*. Die Gaumenfreuden, die Sie gleich erleben dürfen, müssen Sie sich allerdings hart erarbeiten. Und wie ich Ihnen bereits letzte Woche den Mund wässrig redete, beschließen wir unser exklusives Kochseminar mit einem *café liègois* und meiner neuesten *création*: den *chocolats à la crème de l'ail des ours*."

Reginas Französischkenntnisse haben sich erschöpft.

„Irgendwelche Pralinen mit einer Creme aus irgendwas", haucht sie Nora ins offene Ohr.

„Bärlauchtrüffel schmecken mild. Anders als Knoblauch harmoniert Bärlauch hervorragend mit dem leicht bitteren *goût* von Schokolade. Durch den Zucker verliert er etwas an Schärfe und verharrt nachhaltig im Abgang. Die Aromen verschmelzen zu einem himmlischen Genuss, der Ihnen das Paradies auf Erden bringen wird."

Andächtig lauschen die Teilnehmer Saiblings butterweichen Ausführungen. Lediglich Thaddäus hört nicht hin. Er schwelgt in Mordfantasien. Während der letzten beiden Wochen war der Nachbarschaftsstreit mit Reichwein hochgekocht. Tagtäglich lieferten sich die beiden Zankteufel wilde Schlachten.

Als gleich nach dem ersten Kochabend Reichweins Frösche wieder zu quaken begannen, hatte Thaddäus die Tiere aus dem Teich gefischt. Er brachte es aber nicht übers Herz, ihnen wie beabsichtigt die Schenkel auszureißen und sie scharf angebraten mit Limonensauce zu verspeisen. Er setzte die Frösche einige Kilometer entfernt an einem Badesee wieder aus.

Reichwein vermisste am folgenden Tag erst das frühmorgendliche Quaken, dann seine Frösche. Wutentbrannt entsorgte er daraufhin seine Küchenabfälle vor Pöntzgens Haustür. Als Thaddäus wie gewöhnlich um neun Uhr das Haus verlassen wollte, glitt er auf Reichweins Bananenschalen aus und rutschte die fünf Stufen seiner Eingangstreppe hinunter. Dabei prellte er sich den Steiß und schürfte sich beide Hände auf, mit denen er erfolglos versuchte sich an der Hauswand festzukrallen.

Der Streit drohte zu eskalieren. Nur mit Hinweis auf die damit verbundene Aufregung und auf sein schwaches Herz verhinderte Nora, dass Thaddäus die Polizei rief. Als Ersatz ersann er einen rohen Racheplan.

Die Zubereitung der Speisen ist in vollem Gang. Reichwein drängt sich wieder vor. Er füllt die Wachteln von Saiblings Gnaden mit einer pikant gewürzten Farce: einem Gemisch aus klein gewürfelten Esskastanien, Rosinen und Gänseleber. Thaddäus schäumt wieder im Hintergrund und formt einstweilen die Bärlauchtrüffelcreme zu kleinen Kügelchen, bevor er sie mit flüssiger Bitterschokolade übergießt.

Das Abschlussmahl zergeht auf den Zungen der Kochschüler wie eine Hostie aus dem Tabernakel des Petersdoms.

Grandios ist noch die schwächste Vokabel, mit der Saiblings Jünger seine und ihre Kochkünste preisen.

Reichweins Gier kennt keine Grenzen. Er stürzt sich auf das herbsüße Konfekt und hält erst inne, als er den letzten Bärlauchtrüffel vertilgt hat. Jetzt grinst Thaddäus. Sein Plan geht auf wie frische Hefe.

In der Nacht feiern die Seminarteilnehmer und Saibling in der Notaufnahme der Universitätsklinik ein unfreiwilliges Wiedersehen. Zuerst stellt sich im Mund der Gourmets ein starkes Brennen ein, dann kommen Schluckbeschwerden, Übelkeit und Erbrechen hinzu: der normale Verlauf nach dem Genuss von Herbstzeitlosen. Ihre Blätter sprießen zur selben Zeit wie die des Knoblauchgewächses und werden häufig mit denen des Bärlauch verwechselt.

Mit Bedacht hatte Thaddäus die Giftpflanze in den Trüffeln nicht allzu hoch dosiert. Nach ein paar Stunden ist für die meisten der Spuk vorbei. Lediglich Reichwein erholt sich nicht. Er gibt seinen Kochlöffel für immer ab und stirbt an einer Überdosis Colchicin, einem Kapillar- und Mitosegift, das die Blätter der Herbstzeitlosen reichlich enthalten. Thaddäus reibt sich vor Vergnügen die verschorften Hände. Er hatte Reichwein am Abend unbemerkt eine Pralinenschachtel mit den falschen Bärlauchtrüffeln und einer Visitenkarte vom *Carpe Diem* in die Tasche gesteckt.

Dass Saibling nicht nur seine Sterne verliert, sondern das Lokal schließen muss und wegen fahrlässiger Tötung hinter Gitter landen wird, nimmt Thaddäus billigend in Kauf. So viel ist ihm der nachbarschaftliche Frieden schon wert.

Fliegen wie ein Igel

Die kleine unscheinbare Frau steuert zielstrebig auf das schwarze Brett im Erdgeschoss des Schulgebäudes zu und befragt es vergeblich nach dem Seminar, für das sie sich angemeldet hat. Vom Hausmeister erfährt sie, dass der Kurs im dritten Stock stattfindet. Leichtfüßig steigt sie die Stufen hinauf. Den Raum findet sie sofort. An der Tür hängt ein Hinweisschild, auf dem in großen Lettern der Titel prangt: *Fragen zum Scheidungsrecht.*

Langsam öffnet Trude die Tür. Sie zögert, atmet dreimal tief durch und schreitet endlich über die Schwelle. Dann setzt sie sich auf den freien Platz in der ersten Reihe. Durch die geschlossenen Fenster hört sie die Schläge der gegenüberliegenden Kirchturmuhr. Es schlägt neunzehn Uhr. Trude zählt mit. Sieben dunkle Schläge. Ihr Herz pocht im selben Rhythmus.

Der Dozent tritt ein und beginnt zu sprechen: „Nach deutschem Recht kann eine Ehe geschieden werden, wenn sie gescheitert ist. Das ist der Fall, wenn keine Ehegemeinschaft mehr besteht und zu erwarten ist, dass diese nicht wieder hergestellt werden kann. Ist die Ehe beispielsweise zerrüttet, weil der Gatte ..."

Trude nimmt von den Ausführungen des Dozenten kaum Notiz. Ihre Gedanken wandern drei Jahre zurück. Die Stimme ihrer Freundin klingt ihr im Ohr ...

„Tu endlich was für dich", hatte Marianne gesagt. „Du kannst nicht immer nur Wäsche bügeln, kochen und deinem Mann die Socken stopfen!"

Marianne hatte Recht. Trude war es leid gewesen, nur noch Herberts Putzfrau zu spielen. Der hatte in letzter Zeit auch einen Ton am Leib. Und seit Rüdiger mit seiner Freundin in eine andere Stadt gezogen und Hotel Mama nicht mehr gefragt war, beschäftigte sie sich nur noch mit Hausarbeit. Die war ihr mit der Zeit recht öd geworden. Der Teppich begann sich vom täglichen Staubsaugen auch schon aufzulösen.

Also beherzigte sie den Rat ihrer Freundin und schleppte sich am heißesten Tag im August zur Volkshochschule. Die machen tolle Sachen, wie sie von Marianne wusste. Aber bislang hatte sie sich nicht getraut, dort hinzugehen.

Die Teerschicht auf den Straßen hob sich und gab den typischen Geruch frei, den Trude schon als Kind so gern geschnuppert hatte. Die Luft flirrte, und die Wasserlachen entpuppten sich beim Näherkommen als Lichtspiegelungen. Trude floh in das Betongebäude mit den riesigen Fensterfassaden. Drinnen glühte die Luft stärker als draußen. Trude schob sich ins Anmeldesekretariat.

Weder wollte sie wie ihr Schwager Norbert ein Seminar in Wirbelsäulengymnastik noch einen Spanischkurs belegen. Trude und Herbert fuhren im Sommer immer an die Ostsee an den Nacktbadestrand, Mallorca interessierte beide nicht; und ihre Gymnastik machte Trude bei der Hausarbeit: beim Fensterputzen und beim Bohnern der Dielen im Treppenhaus.

Mit den Worten: „Hier lesen Sie den *Flyer*. Da steht alles drin, was Sie wissen müssen", drückte ihr die Dame von der

Volkshochschule ein Faltblatt in die Hand. Trude wunderte sich.

Flyer! – Ihr Englisch lag Jahrzehnte zurück. Damals in der Volksschule, wie man zu ihrer Zeit sagte, hatte sie nur drei Jahre Englisch gelernt. Sie kramte in ihren Erinnerungen und das Tunwort *to fly* blitzte auf. Ja, das heißt fliegen. Aber was hat das mit einem Faltblatt zu tun? Sie erinnerte sich, wie ihr Sohn Rüdiger in den späten Siebzigern des letzten Jahrhunderts – mein Gott, wir schreiben schon das Jahr 2010 – immer dieses englische Lied *Flying like an eagle* trällerte.

Sie verstand nicht, was die jungen Leute sangen.

„Das heißt fliegen wie ein Igel, Mama."

Ihr entging, dass der Sohn sie foppte und sich diebisch freute, dass Mutter wieder mal nichts kapierte. Ein Igel kann doch gar nicht fliegen. Seltsam, was so alles gesungen wurde. Zu ihrer Jugendzeit konnte man die Liedtexte noch verstehen. Da kamen viel häufiger deutsche Schlager im Radio.

Die Dame im Sekretariat der Volkshochschule reichte ihr also den Flyer Frauenbildung über die Theke. Und Trude grübelte nicht länger darüber nach, ob das Faltblatt *fliegen* konnte, sondern las es stattdessen aufmerksam durch.

„Kommen Sie zur Frauenakademie der Volkshochschule. Für Frauen jeden Alters und egal mit welcher Vorbildung", stand da mit schwarzen Buchstaben geschrieben.

Trude fürchtete sich zu blamieren. Sie glaubte, zu wenig zu wissen. Das war ihr in der Schule schon so gegangen.

„Wer an persönlicher Weiterbildung interessiert ist, neue Lebensperspektiven gewinnen möchte, Aufgaben außerhalb der Familie anstrebt und vorhandene Kenntnisse für einen beruflichen Wiedereinstieg oder für ein Ehrenamt vertiefen möchte, ist bei der Frauenakademie genau richtig", las Trude weiter.

Das gefiel ihr! Man lerne dort auch vieles über Literatur, Politik, Geschichte und Kunst, stellte sie fest. Also beschloss sie sich für den Lehrgang anzumelden.

Sie rechnete nicht damit, dass Herbert sein Veto einlegen würde. Er geriet außer sich, als sie ihm davon erzählte. Trude verstand ihren Mann nicht. Sie würde doch weiterhin für ihn sorgen: kochen und die Hausarbeit erledigen. Sie begriff nicht, warum er dagegen war. Er ging doch selbst jeden Montagabend zum Skat aus dem Haus und samstags mit seinen Kumpels auf den Fußballplatz. Ach, und donnerstags traf er sich immer mit seinem alten Freund Eugen zum Stammtisch in der *Traube*. Dort tranken sie ein Viertel Rotwein nach dem anderen und wälzten die Probleme der Welt, die sie doch nicht lösen konnten.

Sie ließ sich den Kurs aber nicht verbieten und meldete sich an.

„Das wäre doch gelacht, wenn ich nicht auch einmal was für mich tun dürfte."

Freundin Marianne war begeistert, dass Trude endlich flügge wurde und sich aus dem Haus wagte.

„Edeltraud", sagte sie, „ich bin stolz auf dich!"

Mit weichen Knien und etwas wacklig auf den Beinen fuhr Trude am folgenden Mittwoch zur Volkshochschule und betrat den Raum, der im Kursheft angegeben war. Dort saßen bereits einige Frauen und beäugten einander. Hätte Trude gewusst, dass die meisten Lehrgangsteilnehmerinnen ebenso zitterten wie sie selbst, wäre ihr nicht derart bange gewesen. Sie wusste nicht, was auf sie zukommen würde. Aber das wussten auch die anderen Frauen nicht. Nach und nach füllte sich der Seminarraum. Auf den Tischen standen Frühlingsblumen und Thermoskannen mit Kaffee.

Pünktlich um neun Uhr stürmte die Dozentin herein.

„Guten Morgen!", rief sie in die Runde. „Mein Name ist Spatz, Spatz wie Sperling."

Die Frauen lachten und verloren schnell ihre anfängliche Scheu. Olga Spatz strotzte vor Begeisterung, während sie das Programm des ersten Semesters vorstellte. Und sofort sprang die Begeisterung auf die Frauen über. Die quirlige Kursleiterin wusste, wie man Neulingen die Angst nahm. Beim Kennenlernspiel mit Postkarten bekannter Schauspielerinnen hüpfte Olga Spatz zwischen den Teilnehmerinnen hin und her wie ein Vögelchen auf Futtersuche; sie selbst flatterten ebenfalls auf einander zu und schlüpften in die Rolle des Stars, den sie am meisten bewunderten. Über das Spiel prägten sie sich die Namen ihrer Mitstreiterinnen ein.

Im Laufe des Semesters lernten die Frauen andere Dozentinnen kennen, die alle souverän ihr Spezialgebiet vermittelten. Die Frauenakademie bot nicht nur Kunst, Literatur und Geschichte. Die Teilnehmerinnen übten sich auch in Rhetorik und Kommunikation.

Im folgenden Semester standen unter anderem Bewerbungstraining, EDV und Techniken der Präsentation auf dem Programm. Die Frauen lernten viel dazu und begannen, sich nach und nach zu verändern. Inge zum Beispiel, die neben Trude saß, wuchs über sich hinaus. Im ersten Semester bekam sie kaum den Mund auf. Jetzt diskutierte sie nicht nur eifrig mit, sondern widersprach sogar der Kunstdozentin, die irrtümlicherweise Picassos Geburtsort von Málaga nach Madrid verlegt hatte. Auch das Selbstbewusstsein der anderen Frauen keimte auf, wuchs und gedieh.

Nachdem Herbert von Anfang an gegen den Lehrgang rebelliert hatte, griff er nach dem zweiten Semester zu rabiateren Methoden, um Trude zu Hause am Herd zu halten.

„Den Kurs zahle ich dir nicht länger", blaffte er Trude an. „Das Geld können wir besser fürs neue Auto weglegen als für diesen Firlefanz auszugeben."

„Ja, ja oder fürs Saufen in der Traube", gab Trude resolut zurück und wunderte sich selbst über ihre Widerrede. Wutentbrannt rannte Herbert aus dem Haus. Trude wusste, dass er sich mit seinen *Sportkumpanen* beim Stammtisch in der Kneipe traf.

Am nächsten Morgen fuhr Herbert zur Bank und ließ das gemeinsame Konto sperren. Seither waltete nur noch er über sein Gehalt. Aber Trude ließ sich nicht unterkriegen. Mit Geld konnte sie schon immer umgehen, und das Studieren der Sonderangebote machte sich bezahlt. Im Übrigen hatten sie bereits das Thema Wirtschaft durchgenommen und sich mit der Fragestellung *Frau und Geld* befasst.

Trude hatte Bildung geleckt wie Jagdhunde Blut. Folglich besuchte sie weiterhin die Frauenakademie; auch gegen den ausdrücklichen Willen ihres Mannes. Herbert merkte, dass Trude immer selbstständiger wurde, und er hasste Olga Spatz dafür. Sie machte er für Trudes Wandlung verantwortlich.

Seit einiger Zeit diskutierte Trude mit ihm über Politik. Bei der nächsten Wahl würde sie ihre Stimme wieder der Partei geben, die sie vor ihrer Heirat gewählt hatte. Das passte ihm nun gar nicht. Herbert konnte es nicht fassen und schäumte vor Wut. Der Haussegen neigte sich gefährlich und drohte abzustürzen.

Die Frauenakademie geht über sechs Semester. Herbert musste folglich zwei weitere Jahre mit der Volkshochschule leben, wenn es ihm nicht bald gelang, Trude den Klauen des Sperlings zu entreißen.

Trude hingegen gefiel es, sich unter den Fittichen der Dozentin zu entfalten. Frau Spatz unterrichtete nicht nur, sie stellte auch den Stundenplan für die Akademie zusammen. Außerdem hatte sie immer ein offenes Ohr für die Nöte ihrer Küken, wie sie ihre Teilnehmerinnen spaßeshalber nannte.

Von Zeit zu Zeit fragte Freundin Marianne bei Trude nach, wie es ihr mit dem Lernen so erging.

„Ach Marianne", antwortete Trude, als es ihr mal wieder besonders schwer fiel und Herbert das Meckern nicht lassen konnte, „es ist die reinste Syphilisarbeit. Ich weiß manchmal nicht, wo mir der Kopf steht."

Da auch Marianne sich mit den alten Griechen nicht gut auskannte, fiel ihr die Verwechslung mit dem bedauernswerten Sisyphos und seinem Felsblock gar nicht auf.

Nach dem vierten Semester legte Trude ihre Kittelschürze endgültig ab. Mittwochs ging sie weiterhin zur Frauenakademie in die Volkshochschule und freitags meisterte sie eine Ausbildung zur Krankenbetreuerin am Universitätsklinikum.

Bald arbeitete Trude als *Grüne Dame*, wie die ehrenamtlichen Helferinnen wegen ihrer lindgrünen Arbeitskleidung genannt werden. Zweimal pro Woche kümmert sie sich in der Klinik um Patienten ohne Angehörige. Sie spricht mit ihnen, macht Besorgungen und liest ihnen vor.

Herbert billigte ihr neues Leben nicht. Erst kürzlich kam es wieder zum Streit, weil ihr die Kranken wichtiger waren als der Hausputz. Herbert zeterte, er könne kaum noch aus dem Fenster schauen. Selber putzen, wie Trude ihm vorschlug, verbat er sich entrüstet.

Trude wollte die Scheidung. Aber Olga Spatz versuchte sie davon abzubringen. Sie solle nicht vierzig Jahre ihres Lebens in den Orkus werfen. Trude kannte sich inzwischen in der griechischer Mythologie aus. Sie wusste, was dieses Wort bedeutet und blieb stur. Der Unterrichtsblock *Selbstvertrauen und Durchsetzungsvermögen stärken* zeigte seine Wirkung. Ihr Entschluss stand fest: Sie würde einen Kurs zum Thema Scheidungsrecht belegen.

Trude erwacht aus den Erinnerungen. Der Rechtsanwalt doziert noch immer. Jetzt hört sie ihn. Aber seine Ausführungen zum Scheidungsrecht interessieren sie nicht mehr. Trude beginnt abzuwägen: ihre mit Herbert verbrachte Jugendzeit, Rüdigers Geburt und seine Erziehung, die Urlaube an der Ostsee. Ihr fällt vieles ein, das sie nicht missen möchte.

Trude steht auf, nimmt ihre Tasche und verabschiedet sich artig. Sie lässt einen irritierten Rechtsanwalt zurück. Draußen atmet sie dreimal tief durch. Ihr Entschluss steht jetzt fest. Sie will es noch einmal wissen. Der Kurs *Mediation und Konfliktbewältigungsstrategien*, der gerade Thema in der Frauenakademie war, soll nicht umsonst gewesen sein. Sie wird alles daran setzen, Herbert zu einer Paartherapie zu bewegen. Das Handwerkszeug aus dem Seminar *Überzeugen statt Überreden* – vermutet sie – wird ihr dabei helfen.

Paris – mon amour

Die Studienreise steht unter dem Motto: „Das unbekannte Paris". Die Volkshochschule wollte es so. In der Branche gelte ich als Spezialist für ungewöhnliche Themen. Häufig führe ich zahlungskräftige Kunden auf geheimen Wegen durch die Hauptstadt des Hexagons. Da macht mir keiner was vor. Für eine Volkshochschule war ich noch nie tätig. Ein Freund wusste, dass ich im Mai eine freie Woche hatte und vermittelte den Auftrag. Einen besseren Reiseleiter als mich hätten sie nicht finden können.

Wie soll ich das bloß aushalten! Fünfundzwanzig Provinzler durch die Seinemetropole schleifen; ihnen alle Sehenswürdigkeiten wie *Sacré Cœur*, *Tour Eiffel* und *Notre Dame* vorführen. Aber auf meinem Programm stehen so viele interessante Ecken, die kein Tourist je zu sehen bekommt. Nicht einmal die Pariser selbst wissen, dass mitten im 5. Arrondissement noch ein Amphitheater aus der Römerzeit steht: die *Arènes de Lutèce*. Keine fünf Gehminuten vom dichtesten Verkehr entfernt, kann man seine Gedanken in eine Zeit schweifen lassen, in der Paris noch Lutetia hieß.

Die meisten zieht es eher zur *Place du Tertre*. Grauenvoll, dieser Platz! Jeder blöde Tourist glaubt, dort das Malerviertel von Paris zu finden. Das war einmal: um die vorletzte Jahrhundertwende, als Picasso noch auf dem *Montmartre* wohnte, im *Bateau-Lavoir*, im „Schiff Waschplatz", wie Max Jacob dieses Gebäude nannte, und in seinem ärmlichen Atelier Gemälde schuf, die man später der blauen und rosa Periode zuordnete. Heute bevölkern die Möchtegernkünstler diesen Platz und verhökern ihre Schmierereien. Und jeder Trottel meint, er habe ein Schnäppchen gemacht und Kunst gekauft. Schauderhaft! Keine zehn Pferde bringen mich dorthin!

Ich werde diesen grässlichen Kitschbasar zu umschiffen wissen und die Truppe hinter die *Sacré Cœur* führen. Dort, ganz nah der *Place du Tertre*, taucht man ein in das Paris des neunzehnten Jahrhunderts, mit seinen engen Gassen und dem Cabaret *Le Chat noir*, in dem noch Aristide Bruant gesungen hat. Das ist der berühmte Chansonnier mit dem roten Schal und dem schwarzen Schlapphut. Der auf den Plakaten von Toulouse-Lautrec, sag ich dann immer und hoffe, dass sie wenigstens Toulouse-Lautrec kennen.

Im selben Viertel versteckt sich auch der letzte verbliebene Weinberg von Paris. Jährlich füllt der Winzer circa dreihundert Liter Rebensaft in Flaschen ab. Wahre Bacchusjünger bemitleiden die Käufer, die den Tropfen für wohltätige Zwecke ersteigern und sich dann mit dem erworbenen Souvenir Gaumen, Speiseröhre und Magen verätzen.

Am Weinberg glaubt man sich in ein kleines Dorf versetzt und vergisst den Trubel der Kunst- und Weltstadt. Apropos Kunst. Um den *Louvre* und das *Musée d'Orsay* im ehemaligen Bahnhof an der Seine werden wir wohl kaum herumkommen. Dagegen ist auch fast nichts einzuwenden. Aber im *Musée Marmottan* fühlt man sich der Kunst der Impressionisten näher, weil es viel intimer ist. Wer weiß denn schon, dass dort die umfangreichste Sammlung von Monets Gemälden hängt?

Na, und wer kennt schon die Katakomben? Im Pariser Untergrund verbirgt sich ein weit verzweigtes, dreihundertdreißig Kilometer langes Netz von Gängen. Der Einstieg befindet sich im Herzen der Metropole. Direkt unter der Stadt brachen Steinmetze den Kalkstein für Kirchen, Herrenhäuser und Paläste aus dem Fels. So entstanden die *Catacombes de Paris* und darüber die Lichterstadt, wie man Paris wegen des hellen Baumaterials nennt.

Im Laufe der Zeit waren die innerstädtischen Friedhöfe rasch überbelegt. Daher bauten die Pariser Beinhäuser und hoben Massengräber aus. Dorthin bettete man auch halb verweste Leichen. Der Gestank muss bestialisch gewesen sein, und die aufsteigenden Gase vergifteten und erstickten unzählige Anwohner. Deshalb schafften die Totengräber schließlich die Gebeine in die unterirdischen Steinbrüche. Millionen von Toten stapeln sich hier! Gespenstisch! In solchen Geschichten wird das Paris vergangener Epochen wieder lebendig. – Ich bezweifle jedoch stark, dass diese Reisegesellschaft derartige Erlebnisse zu schätzen weiß.

Mir wird ganz mulmig, wenn ich daran denke, wie die Leute nach *Moulin Rouge* und den *Folies Bergères* oder einem anderen abgeschmackten Revuetheater schreien werden. In diesen Etablissements wird doch keine Kunst mehr geboten. Nepp, nichts als Nepp! Der Champagner kostet 150 Euro. Wenn das überhaupt reicht. Ich bin froh, dass ich die Teilnehmerzahl klein halten konnte. Andere nehmen fünfzig und mehr Leute mit auf ihre Tour. Da kann von einer Studienreise keine Rede mehr sein. Massenabfertigung und Kameltreiberei wären die richtigen Worte für derartige Unternehmungen.

Voilà, der Weg ist geschafft! Ich bin noch ganz benommen vom Redeschwall dieser Dame hinter mir. Sie erklärte ihrer Nachbarin tatsächlich jeden Baum und Strauch, an dem wir vorbeifuhren. Echt nervtötend! Mit der im Schlepptau kann ich mich auf einiges gefasst machen.

Der Busfahrer chauffierte uns ganz manierlich durch das Straßenchaos des *Boulevard périphérique*, dieser zwölfspurigen Stadtautobahn um Paris, auf der selbst hartgesottene Franzosen sich nicht immer zu fahren getrauen. Ich finde es herrlich: von einer Spur auf die andere zu wechseln; rechts zu überholen, das genervte Hupen der Autofahrer zu hören ... Chaos pur! Und dabei bewegt sich die Autoschlange meist in zügigem Tempo vorwärts. Nur in den *heures de pointes*, in den Stoßzeiten, kommt der Verkehr zum Erliegen. Dann stehen alle stundenlang im Stau.

Als Eingeweihter hatte ich auf Abfahrtszeit fünf Uhr bestanden und dem Busfahrer gesteckt, er solle auf die Tube drücken. So trafen wir zu unserem Vorteil zwischen zwei Hauptverkehrszeiten in Paris ein. Außerdem schliefen oder dösten die meisten Reiseteilnehmer im Bus und nervten mich nicht mit dummen Fragen. Nur die alte Dame hinter mir schien nicht müde zu werden ...

Selbstverständlich hatte ich ein Hotel in der Innenstadt ausgesucht. Direkt neben dem *Père Lachaise* bietet es die Möglichkeit zum Ausflug auf diesen Friedhof, auf dem nicht nur der Schauspieler und Sänger Yves Montand und die größte *chansonnière* aller Zeiten, *la grande* Edith Piaf, ihre letzte Ruhestätte fanden. Dort liegen auch so bedeutende Schriftsteller wie Apollinaire, Balzac, La Fontaine, Molière und Proust. Ein wahrer Fundort für das Bildungsbürgertum! Meine Reiseteilnehmer werden staunen. Der ganze Gottesacker beherbergt fast nur Berühmtheiten der französischen Kulturgeschichte.

Und Katzen! Eine unglaubliche Anzahl von Katzen! Alleinstehende alte Frauen füttern diese räudigen Viecher. Und zum Dank scheißen die kleinen, fetten, krallenbesetzten Pelztiere auf jedes Grab. Glücklicherweise sind sie scheu und verziehen sich, wenn Menschen näher kommen. Man sollte sie ersäufen, diese Leichenfledderer!

Die so genannten Bildungsreisenden prügeln sich um die letzten Einzelzimmer. Dabei hatten die meisten ein Doppelzimmer gebucht. Erbärmliches Tun! Da werden Weiber zu Hyänen, um meinen geliebten Schiller zu zitieren. Und die drei Möchtegernherren der Reisegruppe verhalten sich auch nicht gesitteter als die Damenwelt. Doch bei einer ungeraden Zahl männlicher Teilnehmer kann ich ja wohl schlecht einen Mann zu einer Frau ins Bett legen. Wie die Kleinkinder! Ein Geschrei und Gezeter! – Als eine Siegerin beim Zimmerkampf frohlockt die resolute Alte. Jetzt hat sie gewiss ein paar neue Feinde hinzugewonnen. Inzwischen geht sie jedem auf den Geist.

Vor dem Abendessen stelle ich schnell den Plan für den nächsten Tag vor. Ich sage natürlich nicht, dass ich *Sacré Cœur* links liegen lassen und sie stattdessen durch das Dorf *Montmartre* mit seinem Weinberg, seinen Stadtvillen und den idyllischen Gärten führen werde. Diese Bande von Banausen wird das früh genug erfahren. Ich bin auf die tumben Gesichter gespannt, wenn ich verkünde, dass die Kirche wegen Renovierung geschlossen ist. Der Trick funktioniert immer.

Diese pensionierte Lehrerin geht mir echt auf die Nerven. Wird sie sich eben von Salat ernähren müssen. Frankreich ist nun einmal kein Land für Vegetarier. Und immerzu diese Besserwisserei! Wollte mir das welke Weib doch tatsächlich weismachen, dass die Artenvielfalt an Heilkräutern auf dem Friedhof nebenan um ein Vielfaches größer sei als in den Auen der Loire. Bei der nächstbesten Gelegenheit werde ich ihr zeigen, was sie alles nicht weiß und sie vor der versammelten Truppe bloßstellen. Was mich am meisten auf die Palme bringt: Sie mästet diese abscheulichen Katzen! Ekelhaft! Ich hasse diese Viecher.

Klar, dass meine Führungen nicht ganz ohne Murren der Teilnehmer abgehen. *Sacré Cœur* aus einiger Entfernung zu betrachten, reicht aber vollkommen. Der Blick nach Südwesten zeigt einen majestätischen Eiffelturm. Aus der Nähe gesehen wirkt er doch nur wie ein Monstrum aus aufgetürmtem, verrosteten Stahlschrott.

Die Leute begeistern sich für die alten Villen am *Montmartre* und für den Weinberg. Warum nicht gleich so! Ich habe schließlich Kunstgeschichte in Paris studiert! Die Stadt kenne ich wie meine Westentasche! Da kann mir keiner das Wasser reichen! Erst recht keine dahergelaufene Touristin mit ihrem angelesenen Wissen wie diese vergilbte Jungfer. – Abends gehen wir in die Bastille Oper. *Carmen* von Georges Bizet. Herrlich! So etwas bekommen die in ihrer Provinz doch nie zu hören!

Den dritten Tag der knappen Woche habe ich auch fast überstanden. Gut, der *Louvre* musste sein. Das sah der Plan der Volkshochschule nun mal vor. Die *Pyramide* von Pei stellt ja auch eine ausgezeichnete Verbindung zwischen Alt und Neu dar. Warum diese vertrocknete Ziege aber ausgerechnet stundenlang die *Mona Lisa* anglotzen musste, bleibt mir ein Rätsel. Das Bild ist nicht das Meisterwerk, für das es immer gehalten wird. Meinungsmache der Medien! Die Lehrerin glaubt doch tatsächlich, mit mir streiten zu müssen. Meinem Argumentationsgang kann sie jedoch nicht folgen. Eins zu null für mich.

Für den Nachmittag ist *Notre Dame* vorgesehen. Victor Hugo und sein epochaler Roman *Notre Dame de Paris* lassen grüßen. Kinogänger und Provinzler kennen ihn ja nur als *Der Glöckner von Notre Dame*. Der Roman hat weitaus mehr zu bieten als eine Liebesgeschichte zwischen dem ungestalten Quasimodo und der schönen Zigeunerin Esmeralda ... Kaum ein Pariser weiß, dass man nicht nur das Kirchenschiff besichtigen, sondern auch auf dem Dach zwischen den grotesken Wasserspeiern wandeln kann. Zwischen den steinernen Gestalten atmet der Geist vieler Jahrhunderte!

Heute besuchen wir die *Egouts*. Der Eingang zu den Abwasserkanälen von Paris befindet sich nah am *Pont de l'Alma*, einer der eindrucksvollsten Brücken über die Seine. Einige Reiseteilnehmer verweigern sich diesem Besichtigungsprogramm. Das hatte ich gehofft! Je weniger Menschen sich da unten aufhalten, umso besser. Die Gänge sind eng, und die Luft ist muffig. Wohlweislich habe ich dafür gesorgt, dass ein der Öffentlichkeit normalerweise unzugänglicher Kanalabschnitt für uns aufgemacht wurde. Dort erlebt man die *Egouts* der Millionenstadt, wie sie wirklich sind. – An diesem Ort darf nur ein Mitarbeiter der Abwasserverwaltung sein Wissen weitergeben. Also habe ich Pause, auch wenn ich das viel besser erklären könnte. Aber egal! Auf diese Weise erhole ich mich ein wenig von der anstrengenden Schar Unwissender.

Dieser neugierigen ranzigen Runzel gelingt es tatsächlich, sich in die erste Reihe vorzudrängeln. Angeblich hört sie schlecht. Die Frau ist unerträglich mit ihrer dreisten Art und ihrer impertinenten Fragerei.

Sie hat Pech gehabt! Geschwind schlängelt sich der Kollege Cicerone durch die Herde Zweibeiner und bittet die Teilnehmer am anderen Ende, ihren Blick auf die riesige Turbine zu richten. So schnell kann das baufällige Fräulein ihm nicht folgen und muss sich hinten anstellen. Geschieht ihr ganz recht! Jetzt erläutert der Führer mit seinem gebrochenen Deutsch, wie das Ding funktioniert. Hört doch eh keiner, bei dem Lärm, den die Maschine verbreitet!

Die Mumie gibt nicht auf. Schon wieder drängelt sie sich in Richtung Abwasserspezialist. Die Reisegruppe versperrt den Gang vor ihr; rechts begrenzt die Betonwand den Schacht; linker Hand schäumt zwei Meter tiefer die übelriechende Kloake und wartet auf Nachschub. Was für eine Gelegenheit!

Die Kette, die an dieser Stelle das Geländer ersetzt, ist nur mit einem Karabiner festgehakt. Schon liegt meine Hand darauf, öffnet den Haken und löst die Kette vom Geländer. Weil die anderen dicht bei dicht nebeneinander stehen, findet die unausstehliche Alte keine Lücke.

Sie versucht sich an einer dicken Frau vorbeizuschieben, die direkt vor ihr den Durchgang verstopft. Das gelingt der unverfrorenen Megäre aber nicht. Sie prallt am massigen Po der Fettleibigen ab und gerät bedenklich ins Wanken. Kurz bevor sie die Balance verliert, packe ich sie am Arm.

„Das wäre beinahe schief gegangen", rufe ich ihr zu.

Die Alte würdigt mich keines Blickes und setzt wieder an, sich einen Weg durch das Menschenknäuel zu bahnen. „Ach, lassen Sie mich doch in Ruhe, Sie Schwätzer", blafft sie mich an.

Jetzt ist das Maß voll; meine Geduld zu Ende! Ein kurzer, kräftiger Stoß in ihre Seite, und keine Sekunde später schwimmt sie in der Jauche. Der Turbinenlärm dröhnt ohrenbetäubend; niemand vernimmt ihren kurzen Schrei. Ich schaue auf ihr verdutztes Gesicht hinab. Nicht einmal Zeit sich zu fürchten findet sie; sie glotzt nur verständnislos zu mir hoch. Ihr scheint nicht klar zu sein, dass sie mir den Absturz zu verdanken hat. Augenblicke später haben die Wassermassen, die durch den Kanal schießen, sie verschluckt.

Zwei aufgedunsene Katzenleichen treiben hinterher. Ich kann mir ein höhnisches Grinsen nicht verkneifen und hänge die Kette wieder ein. Keiner bemerkt etwas. Die verdorrte Nervensäge ist auf Nimmerwiedersehen abgetaucht! Richtig erleichtert fühle ich mich. Von einem Albdruck befreit! Balsam für meine gequälte Seele!

Wieder oben fällt ihr Fehlen niemandem auf. Nach der Besichtigung dürfen alle den Nachmittag zur freien Gestaltung nutzen. Erst beim Abendessen im Hotel kommt die Reisegruppe wieder zusammen.

Das verwelkte, bildungsbeflissene Fräulein erscheint nicht zum *Diner*. Ich frage natürlich, ob jemand weiß, wo sie geblieben ist. Niemand hat sie gesehen, keiner vermisst sie. Eine Dame meint, sie habe noch bemerkt, wie das betagte Fräulein nach der Besichtigung der Abwasserkanäle über die Brücke gehastet sei; ein anderer Reiseteilnehmer glaubt, sie beim *Arc de Triomphe* gesichtet zu haben. Aber keiner kann mit Bestimmtheit sagen, wo und wann sie zuletzt gesehen wurde.

Am nächsten Morgen betrete ich wie immer als einer der Ersten den Frühstücksraum. Nach und nach trudeln die anderen Reiseteilnehmer ein. Manche beanstanden zum wiederholten Male die Angewohnheit der Franzosen, ohne Tischtuch zu frühstücken; einige meckern erneut, dass für das Baguette der Teller fehlt und das Brot auf dem blanken Tisch geschmiert werden muss. Auch der starke Kaffee schmeckt nicht allen. Mir egal! Ich liebe die französische Lebensart! Und in Vorfreude auf eine entspannte Rückreise ohne die nervige Fragerei der alten Lehrerin lehne ich mich zufrieden zurück. Mein Blick fällt auf den Eingang zum Speisesaal.

Der Bissen, den ich soeben herunterschlucken wollte, bleibt mir im Halse stecken: Ungläubig starren meine Augen auf die Gestalt, die trällernd in den Saal spaziert und sich an meinen Tisch setzt. Ihre grauen, gestern noch gleichmäßig dauergewellten Haare hängen jetzt wie bei einer nassen Katze angeklatscht an ihr herab. Endlich gelingt es mir, das Stück Brot, das meine Speiseröhre verklebt, mit etwas Orangensaft hinunter zu spülen. Unterdessen gießt sich die aufgetauchte Alte mit ruhiger Hand Tee in die vor ihr stehende Tasse, und als könne sie meine Gedanken lesen, sagt sie knapp: „Pirmasens, 1956. Deutsche Meisterin im Rückenschwimmen."

Tango mortale

Während ihre Augen auf den ungelenk tanzenden Paaren ruhen, schiebt Carmen mit ihrer Zunge gelangweilt das Kaugummi von der linken in die rechte Backentasche. Ihr Blick geht durch die Männer und Frauen auf der Tanzfläche hindurch. Sie lächelt gequält, die rhythmische Musik erreicht ihre Ohren nicht. Der fünfte Kursabend neigt sich dem Ende zu. Zusammengeschoben wie ein ausrangiertes Bandoneon sitzt Carmen auf einem der Hocker, die aufgereiht an der Wand des Tanzsaals stehen. Sie trägt einen ausgebeulten grauen Trainingsanzug. Neben ihr dröhnt der klapprige CD-Player und lässt scheppernd zum fünften Mal denselben Tango erklingen, indes die Paare ängstlich über das Parkett torkeln. Sie schlingern und schwanken über den glatten Holzboden als hätten sie bereits drei Viertel argentinischen Rotweins getrunken.

Als Carmen sich endlich erhebt, zucken die Paare zusammen. Sie schlurft lustlos durch den Raum und bleibt in der Mitte stehen. Die Paare tanzen um sie herum. Sie fürchten Carmens Belehrungen, die wie Giftpfeile treffen, nicht töten, aber sehr weh tun.

„Frauen können gar nichts", zischt es zwischen Carmens Zähnen hervor und beinahe springt ihr dabei das Kaugummi aus dem Mund. Sie sieht jeden Fehler und korrigiert die Tanzenden erbarmungslos. Frauen beurteilt sie hörbar kritischer als Männer. Die erfahren ihre Demütigung durch den Co-Trainer auf andere, subtilere Weise.

Ricardo müht sich mit weitaus größerem Eifer als Carmen um die Schulung vor allem seiner weiblichen Schützlinge. Er mischt sich unter die Paare, verbessert ihre Schritte, leiht sich von einem unbeholfenen, pickeligen Jüngling die Partnerin und schleift sie gekonnt mit perfekt ausgeführten Tangoschritten durch den Saal. Er greift sich stets die hübscheste Frau und legt seinen rechten Arm fest um ihre Taille. Seine muskulösen Oberschenkel zeichnen sich unter den engen Flanellhosen deutlich ab und reiben aufreizend an den Beinen seiner jeweiligen Partnerinnen. Jede seiner Berührungen elektrisiert.

Mit offenem Mund zermahlt Carmen den Kautschuk wie eine Hirschkuh Borke äst, schluckt ihn herunter und schiebt sich gleich darauf das nächste Kaugummi geistesabwesend zwischen die Zähne. Sie ähnelt von der Statur her dem Vikunja, einer zierlichen argentinischen Kamelart; doch ihre gebeugte Haltung, ihre mechanischen Kaubewegungen und die runden, braunen Kuhaugen drängen eher den Vergleich zum europäischen Rotwild auf. Hedwig, eine der Kursteilnehmerinnen, nennt Carmen deshalb nur die wiederkäuende Hirschkuh.

Bislang hat noch niemand ergründet, woran Carmen beim ständigen Kaugummikauen denkt. Mit Tango argentino hat ihre Mundakrobatik jedenfalls nichts zu tun. – Doch wenn sie mit Ricardo tanzt, verwandelt sich Carmen von der Hirschkuh in eine grazile Pampaskatze und gleitet mit ihrem Partner scheinbar schwerelos über das Parkett. Dabei vergisst sie sogar das Kauen.

„Wusstet ihr eigentlich, dass Tango, der vertikale Ausdruck eines horizontalen Verlangens ist?"

Ricardo lässt sich diesen Satz zu Beginn der Kursstunde auf der Zunge zergehen. Er rollt dabei mit den Augen wie ein Chamäleon auf Ecstasy und gleitet mit den Händen demonstrativ langsam über seine Lenden. Die Frauen im Kurs sehen verlegen zu Boden. Die Männer ballen ihre Fäuste in den Hosentaschen.

„Der Tango entstand in der zweiten Hälfte des 19. Jahrhunderts in den Hafenvierteln von Buenos Aires und Montevideo. Da Frauenmangel herrschte, tanzten die Matrosen miteinander."

Ricardos abfälligem Blick sieht jeder an, was er von der Entstehungsgeschichte des Tanzes hält.

„Bald darauf entwickelte sich der Tango zu einem leidenschaftlichen Rausch zwischen Mann und Frau. Er kam nach Paris und eroberte von dort die ganze Welt", enthüllt Ricardo mit breitem Grinsen den andächtig lauschenden Anfängern.

Seine Glubschaugen starren währenddessen auf Hedwigs üppigen Busen. Carmen stößt ihm mit dem Zeigefinger in die Seite, und Ricardo reißt sich widerstrebend von der verführerischen Oberweite los.

Die beiden *tangueros* demonstrieren sodann die neue Schrittkombination und fallen sich dabei gegenseitig ins Wort. Ricardo erklärt anschaulich mit wenigen Sätzen die *Kreuzbasse* und beeilt sich sie vorzumachen. Carmen unterbricht ihn barsch, faucht ihn in ihrem kehligen Spanisch an und zeigt nun ihrerseits denselben Schritt.

„Männer können gar nichts", giftet sie ihn an.

Beim ersten gemeinsamen Gehen verhaken sich ihre Beine. Nicht, weil sie nicht gut tanzen können. Beide sind

Meister des Tango, *tanguistas* bis in die Zehenspitzen. Ricardos Mund verzieht sich zu einem süffisanten Grienen und er sieht auf seine Partnerin herunter.

„Einer der größten Fehler, den Tänzerinnen begehen können, müsst ihr wissen", – und sein Blick bleibt an Carmens Augen haften wie eine Klette an einem schäbigen Wollmantel – „einer der größten Fehler ist es, das Führen des Partners zu ignorieren. Die Frau ordnet sich dem Mann vollkommen unter und lässt sich lenken!"

Carmen knurrt, bläst ihr Kaugummi zu einer bonbonrosafarbenen Blase auf und lässt sie platzen. Gerade wegen dieser Bemerkung widersetzt sie sich Ricardo. Sie ist hier der Boss und bestimmt, wo es lang geht.

Das Gerangel um die Führung gewinnt Ricardo. Er trägt seine schwarzen Haare wie immer zurückgekämmt. Sie glänzen von parfümierter Pomade. Dazu sein schwarzes, fast bis zum Bauchnabel geöffnetes Hemd. Ricardo, der eigentlich Richard heißt, kommt aus einem Dorf bei Wanne-Eickel. Dennoch entspricht sein Äußeres dem Klischee des Latin lover: In Fachkreisen gilt er als Rodolfo Valentino des Tango! Wenn sich Ricardo im Rhythmus der melancholischen Musik bewegt, liegen ihm nicht nur die Frauen im Kurs zu Füßen und schmachten ihn an; auch Carmen kann seinem Charme nicht lange widerstehen, so sehr sie sich auch dagegen wehrt.

Ricardo führt nur über Hüfte, Oberkörper und Schultern. Er setzt auf Druck und Gegendruck der Hände. Das Knistern zwischen beiden *tangueros* ist im ganzen Saal zu spüren. Die Kursteilnehmer halten den Atem an. An jedem Abend lodert es heftig zwischen Carmen und Ricardo.

„Und wusstet ihr eigentlich, dass der Tango schon viele Liebesbeziehungen zerstört hat?"

Ricardos Augäpfel lösen sich bei dieser Bemerkung von Carmen, drehen sich wie bei einer afrikanischen Baumeidechse um neunzig Grad in Richtung Hedwig, scheinen lüstern aus ihren Höhlen und anschließend auf Hedwigs Brüste springen zu wollen.

Zu Beginn hatten Ricardo und Carmen sich als Ehepaar vorgestellt. Hedwig und ihre Freundin Karin glauben nicht, dass es die beiden *tangueros* noch lange miteinander aushalten werden.

Jetzt beginnen die beiden zu tanzen. Die Zuschauer spüren den getanzten Zweikampf, die Liebe und den Hass, die Nähe und die Distanz. Carmen und Ricardo sprühen in ihren sanften Berührungen vor geballter Erotik. Sie verschmelzen miteinander und führen ein Gespräch, das keiner Worte bedarf. Sie singen von Einsamkeit und verlorener Liebe. Sie ringen miteinander und erzählen von der Sehnsucht, gemeinsam durchs Leben zu gehen. Traurig und einsam schreiten sie dahin und sind sich bewusst, dass in jeder Bewegung bereits die Trennung liegt.

Jeden Dienstagabend um acht finden sich die tapferen *aficionados del tango* in der Volkshochschule ein. Die Anmeldung hatte auf paarweisem Erscheinen bestanden. Und an jedem Abend üben die Paare zunächst das bis dahin Gelernte allein. Nach den ersten beiden Tangos zeigen Carmen und Ricardo einen neuen Schritt. Und jedes Mal wenn sie eine neue Kombination vorstellen, streiten sie sich wieder.

Ricardo greift sich eine wohlgeformte Kursteilnehmerin.

„Tango ist auch ein Werben um die Gunst der Frau, mit der man gerade tanzt", umgurrt er mit augenfälligem Blick Nadja, seine aktuelle Tanzpartnerin.

Carmen bemerkt seinen Eifer, unterbricht die beiden abrupt – sie lässt keine Frau ungestraft mit Ricardo tanzen – und schnauzt das unschuldige Mädchen an, sie solle gefälligst Ricardo keine schönen Augen machen. Nadja flüchtet heulend auf die Toilette. Obwohl Carmen es verdiente, hat sich noch kein Kursteilnehmer über ihr unausstehliches Benehmen beschwert – keiner traut sich, etwas zu sagen.

Was aber Carmen nicht weiß: Karin arbeitet in der Verwaltung der Volkshochschule; deshalb fühlt sie sich für deren guten Ruf verantwortlich. Außerdem tun ihr die Teilnehmer entsetzlich Leid. Darum hat sie längst ihrer Kollegin, die den Kurs organisiert, die Panne mit der Tanzlehrerin erklärt. Die Schule legt großen Wert auf Qualität. Sie duldet keine schlechten Dozenten und trennt sich deshalb in solchen Fällen. Der Ersatz für Carmen ist bereits gefunden. Der laufende Kurs wird ihr letzter sein.

Auch die letzte Kursstunde neigt sich dem Ende zu. Im Saal verirren sich die wenigen übrig gebliebenen Männer und Frauen. Sie staksen linkisch Arm in Arm quer durch den Raum. Aus den Lautsprechern scheppert die Stimme des argentinischen Tangomatadors Carlos Gardel. Die meisten Teilnehmer hatten sich den Verlauf des Kurses anders vorgestellt. Je mehr sich Ricardo bei den Frauen ins Zeug legte, desto unausstehlicher gebärdete sich Carmen.

Die Freundinnen Karin und Hedwig ertragen die schlechten Manieren der Dozentin nur, weil sie dieser Musik verfallen sind und unbedingt Tango lernen wollen. Bei Carmens letzten abfälligen Worten lief Hedwig die Galle über und sie war drauf und dran, sich auf die Argentinierin zu stürzen. Aber Karin hielt sie zurück.

Da Ricardo Hedwigs ausladenden Busen liebt und Karins runder Apfelpo ihn ebenso reizt, nimmt er sich ihrer besonders an. Nacheinander schwebt er mit jeder über das Parkett. Giftig funkelt Carmen die beiden Frauen an. Karin ist froh, dass ihr Mann Clemens heute fehlt. Er hätte Ricardos Zudringlichkeit ebenso wenig geschätzt.

Carmens Kaugummikauen nimmt manische Züge an. Ihr Unterkiefer bewegt sich immer hektischer auf und ab. Sie zermalmt das Gummi zwischen ihren Zähnen wie ein Mühlstein den Weizen. Als Ricardo sein Bein eng an das von Karin schmiegt und an ihrem Oberschenkel reibt, hält Carmen die Spannung nicht länger aus. Mit einer bisher ungekannten Lebendigkeit springt sie auf Ricardo zu und schlägt ihm wortlos ins Gesicht. Stumm und mit glühender Backe verlässt Ricardo den Saal.

Einige Teilnehmer flüchten ebenfalls. Die Wanduhr zeigt Viertel vor neun. Noch fünfzehn Minuten, dann ist die Quälerei vorbei.

Kaugummi kauend stellt Carmen einen letzten Schritt vor: die *ochos*. Dabei drehen sich die Frauen auf den Zehenspitzen eines Fußes um hundertachtzig Grad, gehen einen Schritt vorwärts oder rückwärts und drehen sich wieder um hundertachtzig Grad. So beschreiben die Füße der Tänzerin – wie der Name sagt – auf dem Boden eine Acht. Der Schritt sieht einfach aus, dennoch gelingt er erst nach einiger Übung perfekt. Wie immer wird die Frau vom Mann geführt. Da Ricardo gegangen ist, zeigt Carmen den Schritt allein.

Doch auf dem glatten Untergrund rutscht sie aus. Ihr fehlt der Halt seiner starken Arme. Ihre Sohlen schliddern über das Parkett, und der Schwung schlägt ihr die Beine weg. Hart landet sie auf dem Rücken; sie schnappt nach Luft.

Carmens Gesicht läuft rot an, dann violett. Ihre Arme flattern auf und ab, und wie ein purpurfarbener Käfer im grauen Jogginganzug windet sie sich auf dem Boden. Das Kaugummi springt nicht aus ihrem Mund. Es rutscht ihr tief in die Kehle, verklebt die Röhre und bleibt in der Trachea stecken. Carmens Hals schwillt an; sie ringt nach Luft. Vergebens. Der Eindringling sitzt fest. Noch zwei, drei Schläge mit den Armen, dann bleibt Carmen reglos liegen.

Die Tänzer stehen hilflos im Kreis um sie herum. Endlich greift Karin nach ihrem Handy und ruft die Ambulanz.

Der Notarzt kann nur noch Carmens Tod feststellen. Aus den Lautsprechern des klapprigen CD-Players ertönt *Volver* von Carlos Gardel. Doch die *tangueros* und *tangueras* kehren nicht zurück.

ABC

Clemens trug als Kind die Hemden und Hosen seiner älteren Brüder auf. Er lief in ihren abgetretenen Schuhen herum, bis sie auseinander fielen, denn zu Hause war der Mangel allgegenwärtig und sogar das Essen knapp.

Der Vater hatte viele Jahre bei *Opel* am Fließband gestanden und lungerte jetzt arbeitslos zu Hause herum. Die Mutter saß bei Rewe an der Kasse. Die drei Brüder Alexander, Boris und Clemens blieben die meiste Zeit sich selbst überlassen. Der Kindergarten schloss um eins. Dort bekamen die Jungs noch ein Mittagessen. Danach gingen sie nach Hause, sahen fern und verkrochen sich vor dem Vater.

Die Mutter fand es putzig, ihre Söhne nach den Buchstaben des Alphabets zu taufen. Sie suchte bereits fieberhaft einen Namen mit D. Aber des Vaters Ehrgeiz starb in jenem Moment, da auch das dritte Kind keine Carmen geworden war.

Als die Jungs zur Schule gingen, gab es niemanden, der ihnen bei den Hausaufgaben helfen konnte. Die Mutter kam frühestens um sieben nach Hause. Wenig später stand sie in der winzigen Küche und kochte, was sie aus dem Laden mitgebracht hatte. Gegen acht torkelte der Vater herein, wenn er zuvor auf Kneipentour gegangen war. Das geschah drei- bis viermal die Woche. Stand das Essen nicht Punkt acht auf dem Tisch, fackelte er nicht lange und schlug zu. War die Mutter nicht zu greifen, erwischte es die Jungs.

Das ging so lange, bis die Söhne auszogen. Alle drei schafften mit Ach und Krach den Hauptschulabschluss. Clemens fand eine Lehrstelle als Maurer – trotz seiner schlechten Noten. Er schrieb keine Bewerbungen, und obwohl er ziemlich schüchtern war, stellte er sich persönlich bei den Firmeninhabern vor. Das dritte Vorstellungsgespräch führte zum Erfolg. Die Arbeit machte Clemens Spaß, und drei Jahre später bekam er seinen Gesellenbrief. Sein Werkstück überzeugte die Prüfer, die ihm den schriftlichen Teil der Prüfung erließen, weil er sich den rechten Arm gebrochen hatte. Sein Meister unterstützte die Ausnahmeregelung, denn er mochte den fleißigen Jungen. Im Mündlichen glänzte Clemens und schloss als Bester seines Jahrgangs ab. Die Baufirma beschäftigte ihn weiter.

Clemens arbeitete schon fünf Jahre im selben Betrieb, als er ein Mädchen kennen lernte. Ein halbes Jahr später bat er sie scheu um ihre Hand. Ihr imponierte die altmodische Geste; der Junge gefiel ihr sowieso ungemein. Also ließ sie ihn nicht abblitzen. Und auch Karins Eltern mochten den jungen Mann, mal abgesehen davon, dass bereits ein Töchterchen unterwegs war. Die Hochzeit feierten sie in kleinem Kreis. Auf dem Standesamt führte Karin ihm den Stift, denn Clemens hatte sich das rechte Handgelenk verstaucht. Er genierte sich, aber Karin machte das nichts aus. Sie genoss den schönsten Tag in ihrem Leben.

Abends nach der Arbeit vor dem Fernseher fielen Clemens oft die Augen zu. Die Maloche auf dem Bau strengte ihn gewaltig an. Lesen wollte er nicht, denn ihn interessierten nur Krimis, und die sah er sich lieber in der Glotze an. Karin erledigte die Einkäufe und kümmerte sich um den

Haushalt. Sie arbeitete halbtags im Sekretariat der Volkshochschule. Sie organisierte die Deutschkurse für Ausländer. Nachdem das Kind geboren war, blieb sie zu Hause. Clemens musste die Besorgungen übernehmen, und das behagte ihm nicht sonderlich. Er war zwar kein Macho, aber die Regale nach Essbarem zu durchforsten, lag ihm nicht. Das gigantische Angebot im Supermarkt schreckte ihn. An die Fülle konnte sich Clemens nie gewöhnen. Fand er sich endlich zurecht, hatten flinke Hände die Waren längst wieder umgestellt. So dauerte Einkaufen bei ihm immer etwas länger.

Wie jeden Herbst kam Clemens auch in diesem Jahr Anfang Oktober mit schwerer Erkältung vom Bau. Seine Nase lief in einem fort, und der Husten riss ihn schier auseinander. Clemens legte in der Diele seine Tasche ab und rief in die Küche, dass er noch Taschentücher kaufen wolle. Karin bat ihn, gleich die Lebensmittel für die Woche mitzubringen. Er solle auch nicht vergessen, drei Flaschen Zitronenlimonade zu besorgen.

„Schreib es dir auf", rief sie ihm hinterher, „damit du nicht wieder die Hälfte vergisst."

Sie verstand, dass er nach der Arbeit müde war, aber wo hatte er nur manchmal seinen Kopf? Oft kam er mit Sachen an, die sie gar nicht brauchten. Clemens meinte dann, er wolle ausprobieren, wie sie schmecken. Dabei waren sie als kleine Familie mit dem Geld doch ziemlich knapp.

Voll beladen kam Clemens aus dem Supermarkt zurück und stellte vier Tragetaschen auf den Küchentisch. Das Einräumen erledigte Karin immer selbst. Er wusste nie, was wohin gehörte. Karin brachte gerade das Töchterchen ins Bett, als sie Clemens in der Küche lärmen hörte. Sie konnte sich nicht vorstellen, was er wieder umgestoßen hatte. Im Haus stellte er sich manchmal ziemlich ungeschickt an. Sie deckte das Kind zu und lief in die Küche.

Dort lag Clemens und wand sich ihn Krämpfen. Er hielt abwechselnd seinen Bauch und seinen Hals. Er würgte, krächzte und versuchte zu sprechen. Es misslang. Sein Kopf war rot wie die Tomaten, die er beim Fallen vom Tisch gerissen hatte und die nun zermatscht am Boden lagen. Karin blickte panisch auf die Szene. Auch sie versuchte zu sprechen und es misslang. Sie sah reglos auf ihren Mann hinunter. Clemens' Augen quollen aus ihren Höhlen. Seine Hand umkrampfte eine Flasche, auf deren Etikett leuchtend gelb zwei Zitronen prangten. Doch die farblose Flüssigkeit roch nach Ammoniak und nur entfernt nach Zitrusfrüchten. Er musste dieses Zeug getrunken haben; aber warum, das verstand Karin nicht.

Karins Lähmung währte kurz. Ihr Verstand arbeitete schon eine Weile, jetzt setzte sich auch ihr Körper in Bewegung: Sie griff zum Telefon und wählte 112. Sie flößte Clemens mit einem Glas Wasser ein, um die Lauge zu verdünnen. Sie sauste zur Nachbarin und bat sie, auf das Töchterchen aufzupassen. Dann klingelten schon die Rettungssanitäter. Fünf Minuten später erreichten sie das Krankenhaus.

Geistesgegenwärtig hatte Karin die Flasche in die Klinik mitgenommen. Die Ärzte in der Notaufnahme kümmerten sich sofort um den Mann. Ein Blick auf die Flasche reichte den Medizinern aus. Der Oberarzt schüttelte den Kopf. Er begriff nicht, wieso der erwachsene Mann, der vor ihm auf der Trage lag, versehentlich davon getrunken hatte. Gewöhnlich taten das nur Kinder.

„Vermutlich roch er wegen seiner geschwollenen Schleimhäute die Lauge nicht", mutmaßte der Notarzt. „Aber wieso hat er das Etikett nicht gelesen?"

Clemens blieb drei Tage in der Klinik. Er erholte sich erstaunlich schnell. Karin saß an seinem Bett und ihre Augen stellten Fragen: Wieso? Warum? Clemens sah sie weidwund an. Er druckste herum, wollte sprechen. Karins Blick ließ ihn verstummen.

„Sag mir doch endlich, wieso du dieses Zeug getrunken hast", fragte sie ungeduldig.

„Ich hab geglaubt, es ist Zitronenlimonade", gab er zurück. „Auf dem Etikett sind doch Zitronen abgebildet", schob er hinterher.

Karin konnte es nicht fassen.

„Auf dem Etikett steht auch, dass es ein Putzmittel ist", raunzte sie ihn an.

Sie ärgerte sich über seine Dummheit. Er hatte im Fiebertran blindlings die erstbeste Flasche an die Lippen gesetzt. So durstig kann doch niemand sein!

„Man könnte meinen, du kannst nicht lesen."

Karin starrte ihren Mann an. Tränen rannen über Clemens' Wangen. Auf einmal begriff sie alles: die Armbrüche, die Verstauchungen, die eitrigen Wunden an der rechten Hand. Auf diese Weise hatte er sein Handikap so lange verborgen: Clemens konnte weder lesen noch schreiben. Wieso hatte sie nie zuvor Verdacht geschöpft? Jetzt liefen auch ihr die Tränen über die Wangen. Sie beugte sich zu ihm hinunter, umarmte ihn und tröstete den Mann, der zusammengekauert vor ihr im Krankenbett lag.

Seit ein paar Wochen geht Clemens nach der Arbeit wieder in die Schule: Acht erwachsene Männer und Frauen büffeln mit ihm das ABC. Zusehends macht Clemens Fortschritte. Nach kurzer Zeit entziffert er bereits die Überschriften des Tageblatts, wenig später schmökert er in Grimms Märchen. Bald liest er flüssig, und auch das Schreiben gerät ihm immer besser. Er weiß nicht mehr, wieso er sich als Kind so schwer damit getan hatte.

Karin bringt reichlich Lesestoff nach Hause, und Clemens übt unentwegt. In jeder freien Minute liest er, was immer ihm in die Finger fällt. Er arbeitet auf ein Ziel hin. Nur das hält ihn bei der Stange.

Jeden Freitag geht er nach der Arbeit in die Volkshochschule. Clemens lernt schon bald ein Jahr, und auf Anhieb gewinnt er beim Vorlesewettbewerb den dritten Preis. Die Urkunde überreicht die Grimme-Preisträgerin Andrea Sawatzki. Ein paar Tage später hängt er das eingerahmte Dokument im Wohnzimmer über die Couch.

Am 25. Dezember ist es endlich so weit. An ihrem sechsten Geburtstag liest er seiner Tochter die Geschichte vom *Kleinen Prinzen* vor. Das war Clemens größter Wunsch, und er hat es zur rechten Zeit geschafft. – Als seine Tochter beim Zuhören einschläft, klappt er glücklich und stolz das Buch zu.

Nacktwanderer

„Wo ist Kay abgeblieben?", ruft Volkert. „Eben war er doch noch da."

„Keine Ahnung", meint Elke. „Vielleicht hinten bei Rainer und Renate. Bei Jacklin ist er jedenfalls nicht."

Zwei Reihen vor ihnen marschiert Kays Frau Jacklin mit ihren Nordic-Walking-Stöcken an Herberts Seite. Obgleich unbekleidet wie alle anderen, zeigt ihr sportliches Zubehör modische Eleganz: Die Griffe ihrer Stöcke schimmern blauschwarz metallic. Dazu trägt sie die passenden Wanderschuhe. Das Stirnband, das ihre blonden Haare bändigt und aus dem Gesicht zurückhält, glänzt im selben Farbton. Ihre dunkelrot lackierten Fingernägel bilden einen aparten Kontrast.

Die Gruppe Nackter watet durch ein knöcheltiefes Rinnsal am Rande eines Buchenwäldchens. Jacklin beugt sich hinunter, wäscht schnell den Schweiß vom Gesicht und kühlt sich die Schläfen.

Die FKK-Wanderung hat Herbert organisiert. Wie Rübezahl stakst er mit seinem grauen Bart und dem knorrigen Stock, auf den er sich stützt, neben Jacklin her. In der freien Hand trägt er einen Kompass und überprüft von Zeit zu Zeit die Richtung.

Bevor Westen wurde herrschte Herbert über den Zeltplatz Boltenhagen mit seinem angrenzenden FKK-Strand. In den textilfreien Ferienanlagen lebte der freie Geist der Deutschen Demokratische Republik. Aber auch hier konnte man vor der Stasi nicht ganz sicher sein. Die Männer von Horch und Guck trieben sich überall herum. Selbst nackt sah man ihrer Haltung an, zu welchem Verein sie gehörten. Sie patrouillierten meist zu zweit am Strand und hielten Ausschau nach Luftmatratzen. An der Ostsee, ganz besonders nah der deutsch-deutschen Grenze, waren sie strikt verboten. Immer wieder versuchten DDR-Bürger sich damit übers Meer davon zu machen. Und Republikflucht galt einmal als Staatsverbrechen. Luftmatratzen fanden die Herren nur auf dem Zeltplatz, nie im Wasser. Dafür sorgte Herbert. In dieser Hinsicht führte er ein strenges Regiment. Er wollte keinen Ärger mit den Stasileuten.

Bereits ein halbes Jahr nach der Wende überrannten Touristen aus dem Westen den Campingplatz. Sie machten sich breit, prahlten mit ihrem Geld und wussten immer alles besser. Gewiss gab es auch nette Wessis. Aber die meisten, die er kennen lernte, protzten mit ihren dicken Autos und rühmten sich, ihre Haare für nur zwei Westmark im nahe gelegenen Wismar schneiden zu lassen.

Deshalb bereitete Herbert die Arbeit auf dem Campingplatz bald keine Freude mehr. Die Freikörperkultur aber gehörte zu seiner Lebensphilosophie. Also gründete Herbert in den frühen 90er Jahren des letzten Jahrhunderts die erste Nacktwandergruppe der neuen Bundesländer. Seine Frau Trude hatte ihn früher auf den Campingplatz begleitet, das Nacktwandern aber war ihr zu öffentlich, und daher blieb sie zu Haus. Dennoch wuchs die Truppe rasch. Seine alten Freunde Kay und Jacklin gehören auch dazu. Rainer und Renate kommen für die Wanderungen extra aus dem Westen angereist. Sie feierten vor kurzem ihre Silberne Hochzeit. Der Ausflug in die Uckermark nördlich von Berlin ist ihr zweites Flitterwochenende.

Die Wanderung führt die Nackten durch die Schorfheide, vom ehemaligen Zisterzienserkloster Chorin über Joachimsthal bis zum alten Rittergut Gollin. Zur besseren Orientierung marschieren sie nicht weit der Bahnlinie und folgen einem der wenigen Wasserläufe, die das Gebiet durchziehen.

Um Jacklin einzuholen beschleunigt Volkert seinen Schritt. Das Pendel zwischen seinen Beinen wippt gefährlich auf und ab und schlägt ihm kurz darauf mit voller Wucht auf den Familienschmuck. Er jault wie ein getretener Hund und bleibt abrupt stehen. Jacklin und Herbert drehen sich erschrocken um.

„Sag mal, junge Frau", quetscht Volkert mit schmerzverzerrter Miene gequält lächelnd hervor. „Wir haben deinen Mann verloren. Ich glaube, der macht noch Rast im Wald da hinten."

Jacklin schaut verärgert aus der Wäsche, die sie nicht trägt.

„Der hat sicher wieder irgendein Getier entdeckt und will es knipsen." Sie kennt Kays Vorliebe für alles, was da kreucht und fleucht. Mit penetranter Sorgfalt dokumentiert er jedes Kriechtier, um es irgendwann stolz seinen gelangweilten Schülern zu präsentieren.

„Wer weiß, welche Art als nächstes ausstirbt?", pflegt er sein Interesse zu kommentieren.

Früher, in der DDR, war ihm der Naturschutz schnurz. Aber einen Hang zum Beobachten zeigte er schon immer.

„Marsch, marsch zurück!", ruft Herbert. Wie damals auf dem Campingplatz führt er auch hier das Kommando.

„Ach, der kommt schon noch nach", meint Jacklin.

Gleichwohl macht die gesamte Truppe kehrt und läuft zum Forst zurück.

„Ausschwärmen!", ruft Herbert, und die Nackten verteilen sich im Wäldchen. Laut rufen sie nach ihrem Wanderfreund. Doch Kay antwortet nicht. Nur ab und an zwitschern ein paar Vögel oder das Unterholz knackt unter ihren Schuhen. Plötzlich gellt ein Schrei durch das Gehölz, der das Harz der Bäume härten könnte. Die hüllenlosen Gefährten eilen herbei und blicken stumm auf Elkes grausigen Fund.

Am Fuß eines halb verfaulten Hochstands liegt Kay. Seine blauen, weit aufgerissenen Augen starren zum Himmel empor. Schönwetterwolken ziehen vorüber und seine Augen scheinen durch die Spiegelung der Wolken in seiner Iris unruhig hin und her zu rollen. Doch Kay liegt mit aufgeschlitzter Kehle tot am Boden. Unterhalb des rechten Ohres klafft eine Wunde. Das Blut sickert ins Moos und färbt es dunkelrot. Die Sommerhitze hat es an manchen Stellen bereits getrocknet.

Auch Kay trägt nur feste Wanderstiefel an bloßen Füßen. Ansonsten ist er nackt. Um den blutverschmierten Hals hängt seine Kamera. Herbert fingert sein Handy aus dem Rucksack. Nur er und Volkert schultern schwere Tornister mit Proviant. Niemand sonst schleppt Ausrüstung mit sich. Außer Stöcken oder Fotoapparaten, Hut und Kopftuch tragen die Nackten nichts, was sie bei ihrem Marsch behindern könnte. Ihr Reisegepäck hatten sie bereits am Morgen mit dem Bus in den Dorfkrug nach Gollin geschickt. Dort wollten sie übernachten.

Die Nacktgänger warten geduldig auf die Polizei. Spät treffen die Polizisten ein. Sie stutzen, als sie die Lichtung im kleinen Wald erreichen. Manche feixen über den Anblick der FKKler; manche stieren unverhohlen auf die Brüste der Frauen; manche Augenpaare rutschen unwillkürlich zwei Etagen tiefer. Auf eine Nacktwandergruppe sind die Polizisten nicht gefasst und haben sicher nie zuvor eine gesehen, schon gar nicht als Staffage bei einem Mord.

Mit rotweißen Bändern sperrt die Spurensicherung den Tatort ab. Die Durchsuchung der Wandervögel erfordert kaum eine Viertelstunde. In beiden Rucksäcken und in den Wanderschuhen findet sich nichts, das als Mordwaffe hätte dienen können. Auch am Fundort der Leiche und im weiteren Umkreis taucht kein Gegenstand auf, mit dem ein so akkurater Kehlenschnitt hätte ausgeführt werden können.

Kommissarin Mechthild Mooray befragt am Abend die inzwischen angekleideten Wanderer im Dorfkrug in Gollin. Keiner der Gefährten kann sich den Mord an Kay erklären. Vielleicht ein Freigänger aus der nahe gelegenen Nervenheilanstalt? Alle sind betroffen, und Jacklin steht neben sich. Sie fröstelt. Das Stirnband hat sie abgenommen. Nervös knetet sie es mit den Fingern ihrer linken Hand. Die zerzausten Haare fallen ihr ins Gesicht.

Mit den Nachforschungen kommt die Kommissarin nicht weiter. Unter den Mitwanderern scheint der Täter nicht zu sein. Vielleicht beging tatsächlich ein Freigänger der psychiatrischen Klinik oder ein verrückter Landstreicher die bestialische Tat? Ein Raubmord scheidet aus, und bei den Nackten findet die Polizei weder Motiv noch Tatwaffe. Die Rechtsmedizin ermittelt später als solche eine schmale, frisch geschliffene Klinge. In der Wunde fanden sich Metallspäne.

Die Mordwaffe bleibt unauffindbar. Sechs Monate später werden die Ermittlungen eingestellt.

Jacklin kehrt in der Nacht nach der Tat in ihre Altbauwohnung nach Berlin zurück. Sie nimmt ein Bad und geht anschließend zu Bett. Sie verbringt eine erstaunlich ruhige Nacht. Am nächsten Morgen bucht sie einen Spanischkurs. Das hatte sie schon immer vor. Sie wohnt gleich neben der Volkshochschule. Ihr eigenes Nagelstudio liegt nur zwei Straßen weiter. Die Arbeit hilft ihr, sich abzulenken. Kays Tod hat sie stärker mitgenommen als sie sich anfangs eingestehen wollte.

Die Staatsanwaltschaft gibt den Leichnam erst zwei Wochen später frei. Die Beerdigung findet im engsten Freundeskreis statt. Etwas abseits vom Grab steht eine junge Frau mit Kinderwagen und beobachtet die Trauernden.

In der dritten Woche nach dem Mord sichtet Jacklin Kays Papiere. Gleich nach der Wende hatte der naive Mensch sich allerlei Versicherungen aufschwatzen lassen: Vollkasko für den alten Trabi und eine Hochwasserversicherung für die Drei-Raum-Wohnung im vierten Stock des Mietshauses in Treptow. Glücklicherweise hatte er auch zwei Lebensversicherungen abgeschlossen. Die fünfhunderttausend Euro, die jetzt fällig werden, kann sie für ihre Pläne gut gebrauchen. Sie wird die gemeinsame Wohnung verlassen. Jacklin hat sie bereits gekündigt.

Ein Jahr zuvor hatte Jacklin ihre Freundin Elke in die Normannenstraße begleitet. Elke wollte wissen, ob und wenn ja von wem sie zu Zeiten des real existierenden Sozialismus bespitzelt worden war. Aus Solidarität ließ sich auch Jacklin ihre Akte bringen. Sie nahm den auffällig dicken Ordner und studierte den Inhalt. Ihre Hände verkrampften sich bei jeder Seite mehr. Sie las von ihren Tagebucheinträgen und von dem roten Schlüpfer, den sie an ihrem Geburtstag vor dreißig Jahren getragen hatte. Jacklins Rücken versteifte sich und die Farbe wich ihr aus dem Gesicht. Blass und mit erstarrter Miene nahm sie die Wörter in sich auf. In ihrem Kopf purzelten sie durcheinander und brauten sich zu einem Wirbelsturm widerstrebender Gefühle zusammen: Ungläubigkeit, Bestürzung, Schreck, Entsetzen, Trauer, Schmerz, Wut und Ohnmacht vermengten sich zu einem Amalgam an Empfindungen, die sie nicht beherrschen konnte. Schließlich bereitete sie ihrer Qual ein Ende und gab die Akte zurück. Mit tränennassen Augen flüchtete Jacklin auf die Toilette. Sie weinte fünf lange Minuten ihre Verzweiflung heraus. Dann kehrte sie in den Lesesaal zurück und ging gefasst zu dem Tisch, an dem ihre Freundin noch immer saß und sich bei der Lektüre köstlich amüsierte.

„Schau dir das an, Jacklin, diese Deppen", gluckste Elke, „die haben doch tatsächlich jeden Herrenbesuch dokumentiert und entsprechende Kommentare verfasst. Die dachten, ich hätte als Hure gearbeitet. Dabei hab ich doch nur Haare geschnitten."

Jacklin interessierte sich nicht für die Enthüllungen, die Elke erheiterten. Ihre Gedanken blieben bei Kay, der sie so schamlos bespitzelt und verraten hatte. Sie setzte ein Lächeln auf und verbarg der Freundin die schwere Verletzung.

Gewiss hätte ihr auffallen können, dass die Bezirksverwaltung ihnen damals so schnell nach der Heirat und dazu noch ohne Kind, eine Wohnung zugewiesen hatte. Die Wartezeit für das Auto betrug auch nur knapp zwei Jahre und keine acht wie bei den anderen. Ihr war gar nicht in den Sinn gekommen, Verdacht zu schöpfen. Wieso auch? Sie hatte schon im Kindergarten mit Kay gespielt und neben ihm auf dem Töpfchen gesessen. Sie vertraute ihm. Augenblicklich konnte sie sich alle Zufälle der Vergangenheit erklären. Auch dass sie als Einzige im Haus ein Telefon besaßen, leuchtete ihr jetzt ein. So belohnte das Ministerium für Staatssicherheit die Dienste ihres IM Pedro.

An der Frankfurter Allee stieg Jacklin in die S-Bahn und fuhr nach Hause. Dort stellte sie ihren Mann zur Rede. Kay verteidigte sich mit all den Ausreden, die sie aus den Medien kannte: Man habe ihn vor die Wahl gestellt, entweder IM Pedro oder Studium. Er wollte aber unbedingt studieren. Im Übrigen sei ja nichts passiert. Er habe als Inoffizieller Mitarbeiter niemandem geschadet, auch ihr nicht.

An Scheidung dachte Jacklin erst einmal nicht. Kay sollte eine zweite Chance erhalten. Sie vergab ihm, zumal er sich entschuldigte. – Das Vergeben gelang nicht mehr, als sie ein halbes Jahr nach ihrem Besuch in der Normannenstraße merkte, dass er sie betrog. Beim Sortieren seiner Wäsche entdeckte sie in der Hosentasche seiner Jeans die Rechnung für eine Brosche, die sie nie erhalten hatte. Nun spionierte Jacklin ihm nach. Sie fand heraus, dass er sich schon seit zwei Jahren mit einer jüngeren Kollegin traf. Jacklin schrie ihre Wut und ihre Enttäuschung in die Hinterhöfe. Die Geliebte hätte sie ihm vielleicht auch noch verziehen; doch das Kind, das ihr selbst versagt geblieben war, ließ ihre Welt endgültig zusammenbrechen.

Am Abend vor der Wanderung durch die Uckermark nimmt Jacklin ein Vollbad und lackiert sich ihre langen Fingernägel. Der Kleinbus holt das Ehepaar zu Hause ab und bringt es zum Treffpunkt nach Chorin. Die Freunde begrüßen einander, legen ihre Kleidung ab und starten zu ihrer letzten Wanderung in diesem Jahr. Die Gruppe fröhlicher Nackter zieht flott über Wiesen und Auen. Auf der Lichtung eines Buchenwäldchens, unter einem halb verfaulten Hochsitz rasten sie zum ersten Mal nach zwei Stunden Marsch. Nach kurzer Atempause brechen die Nackedeis wieder auf.

Kay bleibt allein zurück. Er bückt sich über einen Strauch, streckt seine Arme aus, blickt aus der Entfernung durch die Linse seiner Digitalkamera und drückt ab. Die grellbunte Raupe eines Bärenspinners wird selten derart gut getroffen.

Von hinten nähert sich zielstrebig eine Gestalt. Kay hört nichts; zu vertieft ist er in den Anblick seiner Entdeckung. Die Gestalt kommt näher. Sie steht jetzt direkt hinter ihm. Freudig erregt über seinen Schnappschuss senkt Kay die Kamera und blickt zum blauen Himmel hoch. Im selben Augenblick sacken ihm die Beine weg, und wie ein gefällter Baum sinkt er ins Moos.

Jacklin liegt in der Badewanne. Wohlig räkelt sie sich im heißen Wasser. Es ist die Nacht nach Kays abruptem Ende. In aller Ruhe schneidet sie sich die dunkelrot lackierten Fingernägel. Unter dem Nagel des Zeigefingers ihrer linken Hand klebt eine Klinge. Der Sekundenkleber hielt, was er versprach. Die Rasierklinge, die sie in Kays Kellerwerkstatt zurechtgeschliffen hatte, haftet fest am Nagel. Genüsslich knipst sie mit einer kleinen Schere alle Nägel ab. Kurz darauf wandert das Mordwerkzeug mitsamt den Nägeln in die Keramikschüssel der Toilette. Befreit spült sie auch die gemeinsame Vergangenheit mit Kay in die Berliner Kanalisation.

Kurskorrektur

– Heidrun Meyer, Volkshochschule, guten Morgen, was kann ich für Sie tun?

– Guten Morgen ... Ähm ... Na ... ähm ... was wollte ich gerade sagen?

– Nun, das weiß ich auch nicht. Um was geht es denn, Frau ... ?

– Äh, ich habe mich für einen ... ähm ... Kurs angemeldet ...

– Na, das ist aber schön. Da freuen wir uns.

– Wenn das so einfach wäre? Es gibt da ein Problem.

– Ein Problem? Das kann ich mir kaum vorstellen. Wo drückt denn der Schuh?

– Mein Schuh drückt nicht. Was für eine Frage! Sagen Sie mir lieber, wann mein Kurs beginnt? Ich kann meine Anmeldebestätigung nirgends finden.

– Das ist doch kein Problem. Da fragen wir einfach mal unseren Computer, nicht wahr? Wie lautet denn die Kursnummer?

– Ja, woher soll ich die denn wissen, wenn ich die Anmeldebestätigung nicht finde?

– Nun, das ist auch nicht weiter schlimm. Dann suchen wir einfach den Kurs. Bei welchem Kurs sind Sie denn angemeldet?

– Bei welchem Kurs? ... Das weiß ich eben nicht mehr. Das habe ich Ihnen doch gerade gesagt.

– Aha … …

– Also, was ist jetzt?

– Hm, Sie wissen also weder die Kursnummer noch um welchen Kurs es sich handelt? … Gut oder auch nicht gut. Probieren wir es anders … An welchem Tag findet denn der Kurs statt?

– Also der Kurs war immer mittwochs.

– Aha. Da kommen wir der Sache schon etwas näher. Der Kurs war mittwochs … Nun haben wir aber leider mittwochs mehr als nur einen Kurs. Ich sage leider, das ist dumm von mir, wir sind ja froh drum, dass wir so viele Kurse im Angebot haben. Aber das erschwert uns jetzt ein bisschen die Suche nach Ihrem Kurs. Doch wir werden ihn schon aufstöbern den kleinen kecken Kurs, der sich so hartnäckig versteckt hält.

– Ja, das will ich mal für Sie hoffen, dass Ihr Computer den Kurs findet. Ich gehe da schon seit Jahren hin. Wieso komme ich nur nicht drauf, wie er heißt?

– Ach, jetzt machen Sie sich mal keine Sorgen. Wir werden ihn schon ausfindig machen. Fragen wir mal anders. Was haben Sie denn in dem Kurs gemacht? Haben Sie gemalt, oder eine Sprache gelernt, vielleicht Französisch oder Spanisch oder ist der Kurs aus unserem Gesundheitsprogramm?

– Gesundheit! Ja natürlich. Wo habe ich nur meine Gedanken? Es ist ein Gymnastikkurs.

– Na, wer sagts denn? Wir kommen dem Burschen auf die Spur. Also ein Gymnastikkurs.

– Ja, ein Gymnastikkurs! Was denn sonst? Und die Kursleiterin hat rote Haare!

– … Rote Haare? Ach, wissen Sie, das ist gar nicht so wichtig, dass die Kursleiterin rote Haare hat. Uns ist viel wichtiger, dass sie eine gute Ausbildung besitzt. Um wie viel Uhr findet denn der Kurs für gewöhnlich statt?

– Der ist immer abends. Um sechs.

– Um sechs. Da schauen wir doch einfach mal im Computer nach.

– Ja, tun Sie das endlich! Sie müssen doch wissen, was für Kurse Sie im Angebot haben.

– Natürlich weiß ich das. Um sechs Uhr abends haben wir einen Kurs in Beckenbodengymnastik bei Eva-Maria Glitsch sowie die Rückenschule mit Johanna Steif-Bückling, Samuel Mantra unterrichtet Yoga, und dann gibt es noch Fitness für Mollige.

– Fitness für Mollige. Das ist er. Dabei ist die Kursleiterin gar nicht dick.

– Das muss sie auch nicht sein. Hauptsache sie versteht ihr Handwerk und kann mit Menschen umgehen. Das kann sie doch, oder?

– Ja, schon. Aber ich finde, dass die Volkshochschule in ihren Kursen nur Leute einsetzen sollte, die auch zu ihrem Publikum passen. Die Frau ist spindeldürr bis auf den unverschämt drallen Busen. Und dann diese roten Haare!

– Na, versteifen wir uns mal nicht so sehr auf die Farbe der Haare. Vielleicht sind sie ja gefärbt? Tabea Rose ist eine unserer besten Dozentinnen.

– Nein, ich weiß nicht so recht. Also die Frau behagt mir nicht.

– Aber eben sagten Sie doch, dass Sie schon seit Jahren den Kurs besuchen.

– Richtig. Meine Schwägerin hat mich anfangs mitgeschleppt. Und dann bin ich halt jedes Mal wieder mit ihr hingegangen. Eigentlich macht mir Gymnastik gar keinen

Spaß. Ich würde viel lieber Tai Chi oder Qi Gong lernen, wenn das nicht zu anstrengend für mich wäre. Meine Beine machen nicht mehr so mit wie früher.

– Tai Chi oder Qi Gong?

– Ach, was weiß ich. Ihr habt doch so viele tolle Sachen in eurem Heft stehen. Da werde ich schon was finden. Meiner Freundin habe ich mal zur Frauenakademie geraten. Nach ein paar Monaten war Trude nicht wiederzuerkennen, so sehr hatte sie sich verändert. Zu ihrem Besten natürlich. Herbert, ihr Mann, war allerdings ganz anderer Meinung. Ha! So ein Macho! Dem hat sie es aber gezeigt! Na ja, scheiden hat sie sich nicht lassen. Hat es noch mal versucht mit ihm. Und jetzt vertragen sich die beiden wieder. Mir soll's recht sein.

– Wenn ich Sie richtig verstehe, möchten Sie gar nicht mehr in den Kurs, für den Sie sich angemeldet haben?

– Das sage ich doch die ganze Zeit! Sind Sie taub oder rede ich gegen eine Wand?

– Nein, nein! Dann können wir eine Umbuchung vornehmen. Das ist unsere einfachste Übung ... Wie heißen Sie denn?

– Das habe ich Ihnen doch schon gesagt? Sie hören mir wohl überhaupt nicht zu. Ich heiße Marianne. Marianne Mannteufel. Steht bestimmt in Ihrem Dingsda, in Ihrem Computer. Da schreiben Sie doch alles rein, oder?

– Ja, Ihr Name wird sicher im Computer stehen. Aber ich muss doch erst wissen, wie Sie heißen, um nachschauen zu können.

– Jetzt werden Sie mal nicht unverschämt.

– Nein, nein. Bitte entschuldigen Sie. Da haben Sie mich missverstanden. Ich meinte, ich muss Ihren Namen erst eingeben, bevor ich Sie für einen anderen Kurs umbuchen kann … Und da habe ich Sie auch schon gefunden. Mannteufel, Marianne. Sie haben ja schon viele Kurse bei uns besucht, Frau Mannteufel.

– Sagte ich doch oder glauben Sie mir etwa nicht?

– Doch, doch. Natürlich glaube ich Ihnen. Und für welchen Kurs entscheiden Sie sich jetzt?

– Wie meinen Sie das?

– Nun, Sie wollten doch aus dem Kurs Fitness für Mollige raus, weil Tabea Rose rote Haare hat und außerdem zu dünn ist. Und Sie wollten einen anderen Kurs belegen.

– Ja mein Gott, wie oft soll ich mich denn noch wiederholen. Selbstverständlich will ich den Kurs wechseln.

– Gut, und für welchen Kurs soll ich Sie nun eintragen?

– Was weiß denn ich? Sie sollen mich beraten! Wenn ich alles schon wüsste, müsste ich ja nicht bei Ihnen anrufen und Kurse belegen.

– Wie Recht Sie haben. Da wollen wir mal schauen, was ich Ihnen so anbieten kann … Wie wäre es denn mit Pilates oder Aerobic?

– Wollen Sie mich umbringen oder was? Ich habe Ihnen doch schon zum wiederholten Male erklärt, dass ich Gymnastik nicht ausstehen kann und nur meiner Schwägerin zuliebe jahrelang den Kurs bei dem Rotfuchs ertragen habe. Damit ist jetzt aber ein für alle Mal Schluss. Kapiert?

– Selbstverständlich. Also Gymnastik scheidet aus. Wie wäre es mit Yoga? Bei den indischen Körperübungen kräftigen Sie ihre Muskulatur und lernen entspannende Atemtechniken kennen.

– Ja natürlich und anschließend verschlafe ich die ganze Stunde. Wenn ich erst mal auf der Matte liege, fallen mir doch gleich die Augen zu. Und dafür soll ich dann auch noch Geld bezahlen? Nein! Kommt nicht in Frage.

– Wie Sie wollen. Wir finden schon den geeigneten Kurs für Sie.

– Da bin ich aber mal gespannt.

– Sie erwähnten vorhin die Frauenakademie.

– Die Frauen- was? Keine Ahnung, was Sie meinen.

– Doch. Sie erzählten, dass Sie einer Freundin den Lehrgang empfohlen hätten.

– Ach ja, Trude! Die hatte den auch bitter nötig. Aber ich bin schon emanzipiert. Das brauche ich nicht. Und geschieden bin ich auch. Wozu also die Frauenakademie?

– Auch wieder richtig ... Nun, ich hätte da noch eine Idee. Aber ich traue mich fast nicht, Ihnen das zu sagen.

– Raus damit! Mehr als Nein sagen kann ich ja nicht.

– Wir haben eine neue Kursleiterin reinbekommen ... äh ... ich meine ... verpflichtet. Sehr nett, sehr fachkundig und der Clou: Die Frau ist brünett.

– Brünett? Also keine roten Haare? Da reagiere ich nämlich allergisch drauf.

– Nein, nein, brünett. Ehrlich. Und sie ist hoch kompetent.

– Und was unterrichtet die Dame? Hoffentlich keine Akrobatik?

– Nein, gewiss nicht, beziehungsweise ... in gewissem Sinne könnte man es so nennen, aber es ist eher ... Gehirnakrobatik, ein Seminar in Gedächtnistraining ...

– ...

– Hallo, sind Sie noch dran? Hallo?

– Ja, natürlich bin ich noch dran. Ich war nur in Gedanken. Ich suche immer noch diese blöde Anmeldebestätigung, während ich mit Ihnen telefoniere.

– Ach so ... Und, was meinen Sie?

– Was meine ich wozu? Sie sprechen in Rätseln, gute Frau.

– Ich meine, was halten Sie davon, das Gedächtnistraining zu buchen. Sie müssen bei den Übungen weder Arme noch Beine verrenken, noch laufen Sie Gefahr, beim Training einzuschlafen. Und der Nebeneffekt bei diesem Seminar ist, dass Sie Ihre grauen Zellen fit halten, ohne ins Schwitzen zu geraten. Ganz abgesehen davon, tun Sie etwas für Ihr Gedächtnis. Nicht, dass Sie es nötig hätten, Gott bewahre. Aber schaden kann es keineswegs. Und wie gesagt, die Kursleiterin ist brünett. Sie heißt Vera Schädel.

– Das klingt gut. Wenigstens keine Doppelnamenemanze. In Ordnung. Buchen Sie mich für den Kurs. Und vergessen Sie nicht, mir die Anmeldebestätigung zu schicken!

– Ich werde es nicht vergessen, Frau Mannteufel. Ich schicke sie gleich los. Und viel Spaß beim Kurs. Auf Wiederhören!

– Auf Wieder ... Na wer sagts denn! Da ist ja die Anmeldebestätigung, die ich die ganze Zeit gesucht habe.

– Wie schön, Frau Mannteufel. Die benötigen Sie nun nicht mehr. Und zu Ihrem Glück auch nicht das Seminar *Den Alltag entrümpeln*, das ich Ihnen sonst empfohlen hätte.

– Ha! Das Haus verliert nichts, wie meine Putzfrau zu sagen pflegt ... Ach und ich war auch gar nicht bei *Fitness für Mollige* angemeldet, sondern für *Jazztanz für Senioren* bei Clarissa Schubert, diesem ausgemergelten Rotschopf. Auch egal. Jetzt machen wir ... äh ... Gedächtnistraining. Tschüss.

Jazz

Dicht stehende Platanen dämpfen die Klangfetzen, die aus dem kleinen Häuschen hinter der katholischen Kirche herüberklingen.

Gerda hört mit größtem Vergnügen amerikanischen Jazz. Sie mag Dixieland so gern wie New Orleans. Auch Swing und Bebob schätzt sie sehr. Sogar an Latin Jazz und Free Style findet sie Gefallen. Die alte Dame vergöttert Cecil Taylor und Miles Davis. Deutschem Jazz kann sie nur wenig abgewinnen.

Sie dreht den Knopf am Plattenspieler auf Maximum und lauscht. Diese Freiheit nimmt sie sich manchmal heraus, doch bereits fünf Minuten dieser Musik führen zu Ärger mit den Nachbarn. Um die schert sich Gerda kaum; aber nach kurzer Zeit drosselt sie die Lautstärke freiwillig, weil sie wegen eines Ohrenleidens die schrägen Töne selbst nicht lang ertragen kann. Sie stellt sich vor den Spiegel, trägt Rouge auf und schminkt die schmalen Lippen. Dann mustert sie sich zufrieden. Die Bemalung gerät zu grell wie immer.

Gerda feiert heute ihren 75. Geburtstag. Die kleine Runde sitzt im Salon, den sie nur an großen Feiertagen öffnet. So war es früher schon, und Gerda hält es mit der Tradition. Sie sieht nicht ein, wieso sie damit brechen soll. Das neue Kleid reicht ihr bis zu den Waden. Ihre Freundinnen sehen über diesen Makel hinweg. Sie schenken ihr Platten von

Keith Jarrett, keine CDs. Denn Gerda kann sich nicht entschließen einen modernen Scheibenabspielapparat zu kaufen. Sie liebt die Plattenhüllen aus Karton, das eierige Drehen des Plattentellers und setzt gern selbst den Schwenkarm auf.

Nach Tee, Gebäck und einem Gläschen Sekt setzt sie sich in eine Ecke. Die Freundinnen tauschen indes den letzten Tratsch. Tränen bilden sich in Gerdas Augen und sie weint leise in sich hinein.

Die Kinder sind schon wieder nicht gekommen. Seit Jahren lassen sie nichts mehr von sich hören und drei ihrer Enkel hat sie noch nie gesehen. Dabei liegt die Stadt, in der die beiden Töchter wohnen, nicht weit vom Dorf. Im Alltag verdrängt Gerda ihren Schmerz, doch an Festtagen wie diesem wird ihr der Verlust bewusst, und sie muss weinen. Ihre Freundinnen ratschen währenddessen ausgelassen. Aber Gerda lässt ihre Gedanken schweifen und träumt vor sich hin. Sie erinnert sich an jene Zeit, die ihrem Leben eine Wendung brachte.

Gerd schlich mit schlechter Laune um seine Frau Gerda herum. Von einem auf den anderen Tag stand er erst spät am Morgen auf. Früher begann er um sechs mit seiner Arbeit in der Stadt. Um sieben hatte Gerda längst das Bad geputzt, die Daunendecken auf das Fensterbrett zum Lüften ausgelegt, Schlafkammer und Küche ausgefegt. Die Schicht in der Fabrik ging bis um vier am Nachmittag. Um fünf dampfte der Kaffee, und frisch gebackener Kuchen stand auf dem gedeckten Tisch. Gerd erzählte von der Arbeit, sie von ihrem Tag im Dorf: vom Gang zum Bäcker, zum Metzger, zum Gemüseladen; was die Nachbarin von gegenüber zu berichten wusste; vom Dorftratsch, der ihn überhaupt nicht interessierte, und von den Kindern, die schon lange in die Stadt gezogen waren, aber jeden Sonntag zum Mittagessen nach Hause kamen.

Gerd war jetzt Rentner und hatte nichts mehr zu tun. Ohne Hobby ging er seiner Gerda auf den Geist. Er stand ihr im Weg und wusste nichts mit sich anzufangen.

Schwermut machte sich breit. Der Arzt riet zu Bewegung, aber im Wald spazieren wollte er nicht, Fahrrad fahren konnte er nicht leiden und Sport hatte Gerd sowieso noch nie gemocht. Da er immer dicker wurde, schenkten ihm die Töchter zum Geburtstag einen Gutschein für einen Jazztanzkurs. Die Idee kam nicht gut an, doch Gerd wollte das Geschenk auch nicht verfallen lassen. Der Tanzkurs wurde von der Volkshochschule angeboten, die im Dorf eine Außenstelle eingerichtet hatte. Die Kurse fanden damals schon im Bürgersaal neben der Schule statt.

Der Dozentin eilte ein besonderer Ruf voraus. Clarissa kam vom Theater. Die Leopardenfellmütze schräg auf dem Kopf platziert, den schlanken Leib in einen Glitzerrock gewickelt, hob sie den Taktstock. Ihr Oberteil lag eng an und modellierte den festen Busen. Ihre tizianroten Haare trug sie bis zur Hüfte. Die schrille Lady fuhr jahrein, jahraus ins kleine Dorf. Mittwochs unterrichtete sie dort vom Kleinkind bis zu den Senioren: Ballett und Jazz.

Die Damen sahen irritiert auf, als Gerd den Bürgersaal betrat. Ein Mann im Jazztanzkurs. Wo gibt's denn so was? Bevor jedoch die Damen aufbegehren konnten, erhob die Ballettmeisterin ihre Stimme. Sie tönte rauchig, dabei heiter und den Menschen zugetan. Clarissa verstand es ausgezeichnet, neue Leute in ihre Kurse einzubinden.

Bald gewöhnten sich die Tänzerinnen an den Mann und nahmen ihn in ihre Gruppe auf. Gerd begann sich wohl zu fühlen und fand an der für ihn neuen Musik Gefallen. Fleißig übten sie die Schritte, und eisern übte er auch daheim. Gerd fehlte keine Stunde. Bis Gerda eines Tages starb: Herzinfarkt. Es ging ganz schnell. Eine Woche später war er Witwer.

Die Damen aus dem Tanzkurs kümmerten sich um Gerd. Die eine brachte ihm mittags was zu essen, die andere kaufte für ihn ein. Jede half und sorgte sich, so gut sie konnte. Die Trauerzeit ertrug er auch, weil seine Töchter ihn besuchen kamen. Sonntags machten sie sich auf den Weg ins kleine Dorf und brachten Mann und Kinder mit. Zum Tanzkurs ging er eifrig weiter; der lenkte ihn ab. Er begann nun auch zu Hause öfter Jazz zu hören.

Eines Tages ging er zum Kleiderschrank und sah sich Gerdas Garderobe an. Dabei glitzerten seine Augen. Er nahm das Blaugepunktete heraus, drapierte es auf dem Bett, auf ihrer Seite, und ließ es dort zwei Wochen liegen.

Später holte er die Schuhe mit dem flachen Absatz aus der Kammer. Er stellte sie unters Bett, auf dem das Kleid lag. Und vor jedem Schlafengehen betrachtete er die gebastelte Kulisse. Die Perücke mit den kleinen grauen Löckchen fand er im Toilettenschrank. Gerda hatte sie nur getragen, wenn beide zu den Kindern in die Stadt fuhren. Dann angelte er mit spitzen Fingern die Kette und die goldenen Ohrclips aus der Schmuckschatulle, die er seiner Frau Jahre zuvor zum Geburtstag geschenkt hatte. Nach und nach schmückte er damit das blaue Kleid. Er musterte das Arrangement und mit zitternder Hand strich er täglich über Gerdas Sachen.

An einem lauen Frühlingsabend war es soweit. Er atmete tief durch und ging ins Badezimmer. Gerd brauchte deutlich länger als sonst üblich; doch am Ende schaute er sich zufrieden im Spiegel an. Ein Lächeln umspielte seinen Mund. Er kleidete sich an, griff nach der Tasche und verließ mit weichen Knien das Haus. Lange genug hatte er gewartet. Gerdas Tod lag mehr als ein Jahr zurück.

Gerd parkte das Auto dicht vor dem Schulgebäude. Mühsam bewältigte er den Weg vom Parkplatz bis zum Bürgersaal. In den engen Schuhen ging er wackelig wie auf rohen Eiern. Bei jedem dritten Schritt knickte er ein und verlor fast die Balance. Er schritt an der großen Fensterfront der Turnhalle vorbei, in der um dieselbe Zeit die Rückenschule stattfand. Stur sah er geradeaus und passierte unbeachtet diesen Gebäudeteil.

Gerd zögerte eine Weile vor dem Eingang, hielt sich am Türgriff fest und schnaufte. Er schwitzte, als hätte er den Jazztanz bereits absolviert. Der stand ihm aber noch bevor, falls er sich endlich hineinzugehen traute. Eine Viertelstunde zuvor hatte der Kurs begonnen.

Mit einem Ruck öffnete Gerd die Tür. Zügig trat er ein und durchquerte den Saal. Alle Augen richteten sich auf ihn. Clarissa eilte auf ihn zu und fragte, was er hier wolle? Dies sei die Jazztanzklasse der Senioren. Ob er sich angemeldet habe? Sie stutzte und hielt inne. Ohne die Musik, die den Raum erfüllte, hätte man eine Nadel fallen hören. Die Frauen und die Dozentin erkannten Gerd in Frauenkleidern. Er trug die graugelockte Perücke, das blaugepunktete Kleid, die Ohrclips und die Kette. Die schmalen Lippen waren ge-

117

schminkt, und Rouge hatte er auch aufgetragen. Das Make-up war ihm zu grell geraten. Im Nu verschwand er im fensterlosen Raum nebenan. Bald kam er im vertrauten Trainingsanzug zurück. Perücke und Ohrclips zierten noch sein Haupt.

Als wäre nichts geschehen, setzte Clarissa ihre Übungsstunde fort. Sie klatschte in die Hände, nahm den Taktstock und klopfte aufs Fensterbrett. Das Signal zum Weitermachen holte die Damen aus ihrer Trance. Wie nebenbei bat Clarissa Gerd, den Schmuck abzulegen. Er wisse doch, dass man sich daran verletzen könne. Die anderen bekamen keine Zeit, Gerds Auftritt zu kommentieren. Der Jazztanz lenkte sie ab. Doch die Choreographie schien ihnen an jenem Tag besonders schwierig. Erst als Clarissa die Stunde beendet hatte, tuschelten die Tänzerinnen über Gerds Debüt als Frau in ihrem Kurs. Schnell verabschiedete er sich und verließ den Saal. Sein Herz raste. Er hastete zum Auto und fuhr nach Hause. Den ersten Abend als Gerda hatte er bravourös gemeistert.

Während ihre Freundinnen scherzen und lachen, sitzt Gerda abseits in ihrem Ohrensessel. Clarissa prostet ihr zu und gratuliert zum wiederholten Mal zum Dreivierteljahrhundert. Erst das Schrillen der Türglocke reißt Gerda aus ihrer Trübsal. Gequält lächelnd erhebt sich Gerda und öffnet die Tür. Vor ihr steht ein junger Mann mit einem länglichen schwarzen Koffer unter dem Arm: „Herzlichen Glückwunsch zum Geburtstag, Opa. Ich bin Till, dein Enkelsohn."

Till packt seine Trompete aus und spielt *In a silent way* von Miles Davis.

Fehltritt

In eine reizvolle Hügellandschaft mit grünen Wäldern und saftigen Wiesen gepflanzt, liegt ein verträumtes Provinzstädtchen. Nichts trübt die friedliche Idylle. Die Sonne scheint und der sanfte Wind weht aus dem nahe gelegenen Park Lindenblüten vor das Fachwerkhaus. Die Volkshochschule wählte das alte Gemäuer als Domizil. Das Haus beherbergt auch die Musikschule und die Bürger nutzen eifrig das reiche Angebot der beiden Bildungsstätten.

Im Foyer lauern die Löwenmuttis auf ihre jüngsten Bälger, denn die musikalische Früherziehung dauert nur eine halbe Stunde. Da lohnt sich das Nachhausegehen nicht. Während die Jüngsten nach dem Motto „Wir machen Musik" Tamburin und Xylophon malträtieren, rupfen die älteren Brüderchen und Schwesterchen einstweilen die Plakate von den Wänden. Hausmeister Kiebitz kennt dieses Spiel nur allzu gut. Er hasst es. Jede Ermahnung bleibt aber vergebens und stößt bei den Kampfmüttern sogar auf Unverständnis. Er rauft sich die Haare und beeilt sich, den Schaden gering zu halten.

Jeden Donnerstagnachmittag plagt sich Kiebitz mit den frechen Wadenbeißern herum, wie er die kniehohen Bälger gern nennt. Er streitet sich mit den Müttern über allerlei Erziehungsfragen. Meist zieht er dabei den Kürzeren, wendet sich verärgert ab und brabbelt vor sich hin.

Die hochgewachsene Gestalt geht – stets mit einem blütenweißen Hemd bekleidet – leicht vorgebeugt durchs Haus. Täglich inspiziert der Herr mit dem silbergrauen Haar aufs Gründlichste das Treppenhaus, die Flure und alle Räume *seines* Schulgebäudes. Dabei hält er jeden von der Arbeit ab. Er verwickelt Putzfrau, Lehrer, Sekretärinnen, Besucher und Dozenten mit Vergnügen in philosophische Gespräche. Gewählt und höflich drückt er sich aus, und als selbsternannter Wächter der deutschen Sprache müht er sich immer, seine und die Rede anderer vom englischen Einfluss freizuhalten. Jedem zugerufenen *Hi* setzt er ein fröhliches *Guten Tag* entgegen; jedes *Bye* zerschmettert an seinem dröhnenden *Auf Wiedersehen*.

Die *Kids* finden es *cool*, sich täglich einen *joke* daraus zu machen, ihn zu foppen. Doch mit seinem Kampf gegen das Denglisch steht er auf verlorenem Posten. Er merkt es nicht. Unablässig missioniert er alle, die ihm nicht entwischen können. Zwar hätte er lieber den Lehrerberuf ergriffen, allein, es war ihm nicht vergönnt. Undiplomiert belehrt er nun tagein, tagaus die Menschen in der Volkshochschule. Die Arbeit, für die er seinen Lohn erhält, bleibt unterdessen liegen.

Seine Marotte ist stadtbekannt. Genervt wechselt jeder, der auf ihn stößt, die Straßenseite. Doch im Haus gibt es kein Entrinnen. Plötzlich taucht Kiebitz aus einer dunklen Ecke auf und stellt sich einem in den Weg. So auch dem jungen Mann, der eben in das Gebäude tritt.

„Gudden Tack, Sie können sagen mich, wie ich komme zu Volkshockschule", fragt dieser ihn artig. Kiebitz strahlt übers ganze Gesicht. Den Akzent und die ungewöhnliche Wortstellung überhört er wohlwollend. Endlich einmal ein

Jüngling, der sich zu benehmen weiß und formvollendet grüßt. Mit diesem Auftritt nimmt der junge Mann den Hausmeister augenblicklich für sich ein. Alle anderen Exemplare dieser Gattung hätten ihm, wenn überhaupt, ein nichtssagendes „Hallo" entgegengeschleudert. Stolzgeschwellt geleitet er den Jüngling durchs Haus und lässt es sich nicht nehmen, seinen Fang höchstpersönlich abzuliefern. Gewiss will der junge Mann den neu ausgeschriebenen Deutschkurs buchen, ahnt Kiebitz.

Alsbald erreichen beide das Büro der Volkshochschule im ersten Stock. Der Hausmeister klopft an, wartet auf das „Herein" und stellt den Jüngling vor dem Tresen ab. Herzlich grüßend empfiehlt er sich.

Am Empfang sitzt eine Dame mit kurzer Perlenkette und hoch geschlossener Bluse. Am Revers steckt ein Namensschild mit der Aufschrift: *Hier berät sie Heidrun Meyer.* Frau Meyer hebt den Kopf und blickt über den Brillenrand zu dem Jüngling auf.

Aus langen schwarzen Wimpern schauen blaue Augen auf sie herab. Klassisch ragt die gerade Nase aus dem ebenmäßigen Gesicht. Das gelockte Haar trägt der Jüngling schulterlang. Er öffnet seine vollen Lippen, zeigt weiße Zähne und strahlt Fräulein Meyer freundlich an. So viel Charme überwältigt die Sekretärin. Schöne Männer kennt sie nur aus Modemagazinen. Hierher verirren sie sich nie.

„Meine Name sein Angelo, Angelo Giuliano", trompetet er ihr zu. Sagts, springt aus dem Stand auf die breite Theke und beginnt sich zu entkleiden.

Fräulein Meyer entschlüpft ein spitzer Schrei. Erschrocken wirft sie sich in die Lehne ihres Schreibtischstuhls zurück und kracht mit Schwung in den Aktenschrank. Unfreiwillig befördert ihr Entsetzen sie so auf einen Logenplatz mit bester Sicht.

Verdutzt blickt sie auf die absurde Szene. Angelo hat sich das kanariengelbe Hemd vom Leib gerissen. Er verschränkt die Arme hinterm Kopf und lässt die Muskeln spielen. Seine Achseln sind rasiert. Der Waschbrettbauch kommt durch seine Pose perfekt zur Geltung. Dann schleudert der schöne Italiener seine Turnschuhe in die Birkenfeige. Barfuß schreitet er die Theke ab und verwandelt sie in einen Laufsteg.

Fräulein Meyers Kinn sackt ab und bleibt auf ihrem Busen liegen. Das Telefon schrillt, doch sie nimmt nicht ab. Mit aufgerissenen Augen starrt sie wie gelähmt den Jüngling an. Sie glaubt zu träumen. Nur langsam kommt ihr Verstand in Fahrt. Das Rattern in ihrem Kopf ist deutlich zu erkennen. Plötzlich springt sie auf und fängt schallend an zu lachen. Sie wiehert vor Vergnügen und Erleichterung.

„Wo ist die versteckte Kamera", ruft sie.

Der Jüngling versteht nicht, was sie meint und nestelt am Reißverschluss seiner engen Hose. Gekonnt streift er die Jeans von seinen schmalen Hüften und entblößt bis auf den weißen Slip posiert er vor der verwirrten Frau. Angelockt von dem Radau eilen zwei Kolleginnen herbei. Buchhalterin Annabelle Bleich schnellt herein, sieht den Mann im Slip, springt zurück und schließt die Tür. Gleich darauf reißt sie sie wieder auf und bleibt gebannt auf der Schwelle stehen.

Aus der entgegengesetzten Richtung stürzt Marlies Köpke heran. Sie ist im Haus für die Gesundheit zuständig; plant Yogakurse, Rückenschule und vieles mehr. Auch sie traut ihren Augen kaum. Doch der Sehtest, den sie letzte Woche gemacht hatte, bescheinigte ihr Adleraugen. In hiesigen Breiten, noch dazu bei diesem Frühlingsklima, scheint auch eine Fata Morgana höchst unwahrscheinlich. Das Spektakel, das sich ihr bietet, muss folglich wirklich sein.

Angelo fühlt sich wie ein Fisch im Wasser. Drei Frauen schauen zu ihm auf. Augenblicklich verrenkt er den makellosen Leib zu abenteuerlichen Posen, hebt seine muskulösen Beine und präsentiert die strammen Waden, von denen Annabelle ganz besonders hingerissen ist. Schmachtend blickt sie den Adonis an und seufzt. Zum Abschluss seiner Show schlägt er ein Rad, kommt wieder auf die Füße und breitet seine Arme aus.

„Ecco", ruft er und lässt rasch noch sein Becken kreisen. Der Po ist knackig; und auch die Vorderseite kann sich sehen lassen.

Dann hält der Prachtkerl plötzlich inne. Wie eine abgelaufene Spieluhr kommt er erschöpft zum Stehen und säuselt leise und mit sanfter Stimme: „Ecco, Angelo. Mikke malen, capisce?"

Buchhalterin Annabelle begreift als Erste, was er damit sagen will. Auch Marlies Köpke versteht die Absicht. Nur Fräulein Meyer kapiert mal wieder nichts. Der Auftritt hat sie ziemlich mitgenommen.

Marlies Köpke erklärt dem Jüngling, dass er als Modell für einen Malkurs nicht in Frage kommt. Der Bedarf sei gedeckt und die Warteliste ellenlang. Und selbst wenn es anders wäre, sei er für diesen Job viel zu attraktiv. Die Teilnehmer an den Aktmalkursen seien meist weiblich und würden durch seinen Körper zu sehr abgelenkt, um sich aufs Malen zu konzentrieren. Als Aktmodell müsse er zudem bewegungslos in einer Position verharren, und zwar stundenlang. Sein mediterranes Temperament stünde ihm dabei im Wege. Es täte ihr furchtbar Leid, aber er solle sich nun wieder anziehen, da sie sonst gezwungen sei, den Hausmeister zu rufen. Annabelles Blick zeigt Mitleid und Enttäuschung. Nur Fräulein Meyer stimmt den Erklärungen der Kollegin nickend zu.

Frustriert senkt der halbnackte Italiener die Arme. Er wolle nicht mal Geld. Seinen Körper soll man malen. Sein Sexappeal sei schließlich größer als der von Eros Ramazzotti.

Marlies Köpke jedoch bleibt hart, und unterstützt von Fräulein Meyer verschärft sie ihren Ton.

Dem Jüngling bleibt keine andre Wahl. Als letztes Argument zieht er die Unterhose aus. Nackt wie Gott ihn schuf, zeigt er, was er zu bieten hat. Und der Schöpfer hat es gut mit ihm gemeint.

Die Lage spitzt sich zu. Die drei Damen halten den Atem an. Beunruhigt wollen sie nach Kiebitz rufen, doch den hat der Lärm längst herbeigelockt. Sofort erfasst er die Situation: Erregung öffentlichen Ärgernisses! Er stößt den Italiener vom Podest und versucht ihn mit Nachdruck aus dem Zimmer zu scheuchen. Flugs greift der Jüngling nach seinem Slip und hüpft hinein. Vor einem Mann will er sich keine Blöße geben. Hausmeister Kiebitz brüllt den Burschen an. Auf Italienisch, so dass man ihn nicht mehr versteht, schimpft der Schönling *forte* zurück. Nur ab und an spuckt er noch einen deutschen Brocken aus. So etwas wie *Fremdenfeindlichkeit* und *Benachteiligung von Männern*. Daraufhin rafft das verhinderte Aktmodell seine Kleidung zusammen und stürmt ins Treppenhaus; Hausmeister Kiebitz hinterher. Doch er bekommt den Mann nicht mehr zu fassen. Eilig springt Angelo die Stufen hinab und entkommt.

Oben an der Treppe steht Kiebitz und schnauft. Die Aufregung war zu viel für ihn. Sein Blick wird stier. Er atmet schwer, greift sich ans Herz, geht in die Knie und will sich am Geländer festhalten. Er ringt nach Luft und um sein Gleichgewicht. Die drei Frauen springen auf ihn zu. Doch ihre Hilfe kommt zu spät. Sein Tritt geht ins Leere. Gefällt wie ein Baum stürzt Kiebitz in die Tiefe.

Vom Gepolter angelockt, umlagern ihn die Löwenmuttis mit ihren Bälgern und begutachten den Schaden. Hausmeister Kiebitz rührt sich nicht. Sein langer Körper ruht gefaltet am Fuß der Treppe und aus dem merkwürdig verdrehten Kopf blicken tote Augen zu den drei Frauen hoch.

Die Ausgeräumten

Dienstag, 7. April 2009

Mädels, tut mir Leid, aber wir werden uns trennen müssen. Eure Stunde hat geschlagen. Es war eine schöne Zeit mit euch. Aber vorbei ist vorbei. Kommt schon, macht es mir nicht so schwer! Ich kann doch nichts dafür, und an der Diagnose ist nicht zu deuteln. Zwei Ärzte haben sie bestätigt. Und beide sagen, dass ihr gehen müsst! Ob ihr wollt oder nicht ...

Montag, 20. April 2009

Im Krankenhaus hatte ich keine Muße zu schreiben. Die Operation hat mich deutlich stärker mitgenommen als ich dachte. Ich fühle eine ziemliche Leere in mir. Aber den Kopf lasse ich nicht hängen. Nein, sicher nicht! Die Zwiesprache, die ich mit den Mädels, meinen Eierstöcken und meiner Gebärmutter, gehalten hatte, hat mir geholfen, den Befund zu akzeptieren. So fiel mir der Abschied leichter. Ich werde schon wieder Kraft schöpfen ...

Freitag, 24. April 2009

„Die Muskeln des Beckenbodens umschließen Harnröhre, Scheide sowie Darmöffnung und kontrollieren zusammen mit den Schließmuskeln die Körperöffnungen. Durch die Operation erschlaffen die Muskeln. Dadurch senkt sich bei jeder körperlichen Anstrengung die Harnröhre und es kommt zum unfreiwilligen Harnverlust." – Derart nüchtern und wenig einfühlsam erläutern mir die Ärzte mein neues Problem. Immerhin kann ich etwas dagegen unternehmen ...

Mittwoch, 6. Mai 2009

Die Dozentin, die den Kurs hält, heißt Eva-Maria Glitsch: Eva-Maria, *die Leben Schenkende*! Nach der OP ist das bei mir jetzt passé! Die Inkontinenz freilich werde ich durch die Beckenbodengymnastik in den Griff bekommen. Hoffe ich zumindest. Und Hoffnung ist das Allerwichtigste im Leben. Gerade jetzt! Neben mir auf der Matte liegt Hedwig: rechte Brust amputiert, aber ansonsten intakt. Sie nennt sich selbst das Einhorn. Hedwigs Galgenhumor tut gut. Als ich ihr nach der ersten Stunde erzähle, dass ich unten rum *ausgeräumt* bin, kriegten wir uns vor Lachen nicht wieder ein. Die Frau gefällt mir!

Mittwoch, 13. Mai 2009

Heute war was los im Kurs. Ein Mann mit kariertem Stoffhut platzte während der Übungsstunde in den Entspannungsraum und stellte sich als Herr Schäufele vor. Ein ziemlich unangenehmes Gefühl, den Blicken dieses Mannes ausgesetzt zu sein, während wir auf dem Boden hin und her rollten und ihm unsere Becken entgegenstreckten.

Herr Schäufele geht auf einen Stock gestützt. Sein linkes Bein zieht er hinter sich her; dabei ist er sicher noch nicht mal sechzig. Der Mann ist winzig und von schmächtiger Gestalt. Der gelbrote Schnurrbart hängt ihm wie bei einer Robbe an beiden Seiten des Mundes herab und verdeckt die Oberlippe. Was verbirgt er nur?

Die Dozentin sprang ihm vor die Füße, aber er ließ sich davon nicht aufhalten, schob sie mit seiner Gehhilfe beiseite und humpelte um Eva-Maria herum mitten in den Raum hinein. Seine Frau Margot habe ständig Probleme mit ihren Tagen, plapperte er los, und er wolle nur wissen, was man dagegen tun könne. Dann würde er gleich wieder gehen. Die Augen des Voyeurs hüpften bei seiner Rede von Unterleib zu Unterleib. Eva-Maria entgleisten die Gesichtszüge. Als sie sich nach einem kurzen Moment wieder gefasst hatte, fuhr sie ihn an: „Solch eine Unverfrorenheit ist mir noch nie untergekommen. Wenn Sie sich nicht schleunigst davonmachen, rufe ich die Chefin." Schäufele machte keinerlei Anstalten, Eva-Marias Befehl Folge zu leisten. Aber unsere Frau Glitsch ließ sich nicht beirren. Sie fingerte mit einer Hand nach ihrem Mobiltelefon; die andere umklammerte ein Flexibar. Das in sich schwingende schlanke Sportgerät, das entfernt an einen Besenstiel erinnert, wirbelte erst bedrohlich über ihrem Kopf, dann fuchtelte sie damit vor Schäufeles Gesicht herum. So viel Frauenpower schien er nicht erwartet zu haben, und flugs hinkte der Zwerg zum Rückzug. Wir, das Bodenpersonal, nahmen den Zwischenfall nicht tragisch. Wieder eine lustige Stunde. Lachen kräftigt das Zwerchfell und heilt die Seele!

Donnerstag, 21. Mai 2009

Gestern berichtete Eva-Maria, dass sie im Hauptberuf als Hebamme arbeitet. Die *Leben Spendende* als Hebamme. Wie passend für eine Geburtshelferin! Und dann heißt sie auch noch *Glitsch*. Hedwig und ich waren nicht die Einzigen die losprusteten. Am Ende lachte der ganze Kurs. Es gibt keine bessere und vergnüglichere Übung, die Bauchmuskeln zu trainieren!

Donnerstag, 28. Mai 2009

Während der Pfingstferien findet kein Unterricht statt. Die Übungen mache ich zu Hause zusammen mit Hedwig, mit der ich mich angefreundet habe. Gemeinsam besuchen wir mittlerweile auch einen Tangokurs; den allerdings nicht in der Volkshochschule. Hedwig möchte nicht an einen tödlichen Zwischenfall erinnert werden, den sie dort zwei Jahre vor ihrer Brustamputation erlebt hatte.

Donnerstag, 11. Juni 2009

Gestern, während sich alle wie gewohnt im Kurs auf dem Boden wälzten und unentwegt ihre Schließmuskel zusammenkniffen als wollten sie sich das Wasserlassen verkneifen, überfiel uns erneut der zwergenhafte Herr Schäufele. Dieses Mal litt seine Frau Margot unter Hitzewallungen.

„Urplötzlich wird Margot derart heiß, dass sie sich bis aufs Hemd – und wenn sie keines trägt – bis auf den Büstenhalter ausziehen muss", jammerte der treusorgende Gatte.

„Selbst im Bus widerfährt ihr dieses Missgeschick. Margot ist das äußerst unangenehm. Frau Glitsch, Sie wissen doch sicher ein Hausmittel, das hilft."

Im Nu sank die gefühlte Temperatur im Saal unter den Gefrierpunkt. Unsere verschwitzten Körper dampften wie Trockeneis. Und Eva-Maria stand da wie schockgefrostet. Für einen Moment erstarrte sogar die Zeit. Aber bald hatte unsere Hebamme ihren Eispanzer gesprengt, wirbelte um die eigene Achse, schleuderte sich dem schwäbischen Gnom entgegen und schwang in wildem Eifer das Flexibar wie Justitia ihr Schwert. Fasziniert beobachteten wir unsere schützende Rachegöttin. Eva-Marias Zorn kam ohne Worte aus. Mimik und Gestik reichten völlig, um Herrn Schäufele zum unverzüglichen Rückzug zu bewegen. Jäh drehte er sich um und floh mit seinem lahmen Bein aus dem Gymnastikraum.

Mittwoch, 17. Juni 2009

Heute saßen wir auf Holzhockern. Wir zogen die richtigen Muskeln zusammen und spürten die leichte Hebung nach oben und innen unter dem Becken. Dabei gelang es den meisten – so wie es die Übung verlangt – Po, Bauch und Innenseiten der Unterschenkel ruhig zu halten.

Genau in dem Moment, in dem Hedwig mir zuflüsterte, dass sie die jungen Frauen, die gerade frisch entbunden hatten, maßlos bewundere, weil sie die Übung so schnell beherrschten, spazierte der schwäbische Kobold wieder in den Gymnastikraum. „Margot quält sich mit Migräne", klagte er. Weiter kam er nicht. Hedwig schnellte vom Hocker hoch, und einer Amazone gleich, die ihre verbliebene Brust vor sich her schiebt, stürzte sie sich auf das Männlein und malträtierte es mit einer Kanonade der saftigsten Schimpfwörter, die ich je gehört habe. Dann fiel sie erleichtert auf den Hocker zurück, zeigte mit dem Finger auf den verhutzelten Wicht und begann schallend zu lachen. Wir anderen taten es ihr gleich. Solchermaßen schlugen dreizehn nackte Zeigefinger von dreizehn wiehernden Frauen Meister Schäufele in die Flucht.

Freitag, 19. Juni 2009

Am Tag nach der grotesken Szene mit Schäufele saß ich mit Hedwig im Theatercafé *Kulisse*. Dort überfiel ich sie mit der Idee, die mir bei der Schwabenhatz gekommen war.

„Hedwig, dein Auftritt gestern war bühnenreif", schwärmte ich. „Was hältst du davon, wenn wir ein Kabarett gründen?"

„Du spinnst!", wehrte sie ab.

„Nein, ehrlich, Hedwig. Du hast das Zeug zur Komikerin", gab ich zurück.

„Mach keine Witze!"

„Gewiss nicht. Und ich hab auch schon einen Namen: *Die Ausgeräumten.*"

Kurze Zeit später hatte ich Hedwig überzeugt. Immerhin spielte sie vor Jahrzehnten in der Schultheatergruppe. Zwei junge Mütter aus dem Kurs ließen sich ebenso für das Projekt begeistern wie Hanna Wolf, eine ältere Dame, die wegen ihrer Platzangst immer gleich neben der Tür lag.

Nach dem letzten Kursabend der Beckenbodengymnastik begann unsere neue Karriere als Kabarettistinnen.

Freitag, 16. November 2009

Gestern feierten wir die Premiere unseres ersten Programms. Ehrengäste in der Vorstellung waren unsere ehemalige Dozentin Eva-Maria Glitsch, die anderen Kursteilnehmerinnen und die Chefin der Volkshochschule. Zu unserer Verblüffung erschien Herr Schäufele mit Frau Margot. Dabei hätten wir alle geschworen, dass die gar nicht existiert.

Die A-Saite

„Morgen wird alles anders!", schwört sich Beate Dickmann
zu Beginn eines jeden Semesters. „Ab morgen packe ich
alles ganz anders an!"

Beate studierte Englisch in Oxford. In ihre Heimatstadt
zurückgekehrt, suchte sie eine Anstellung als Lehrerin und
konkurrierte mit Hunderten anderer Bewerber einiger ge-
burtenreicher Jahrgänge um die wenigen unbefristeten Stellen. Doch Pech verfolgte sie wie stets in ihrem Leben, und
sie scheiterte. Sie scheiterte auch, als sie das Glück an der
Seite eines Mannes festhalten wollte, der sie nicht liebte.
Seither frisst sie ihr Unglück in Form von Schokolade und
Currywurst – und zwar genau in dieser Reihenfolge – in sich
hinein.

Immerhin verhalf ihr das Studium im Ausland zu Lehr-
aufträgen an der Volkshochschule und somit zu einem Ein-
kommen, das ihren Lebensunterhalt sicherte, wiewohl sie
trotz der Hetze von Kurs zu Kurs mit dieser Arbeit keinen
Reichtum anhäufen konnte.

Beate ergab sich ihrem Schicksal. Unbemannt, aber ge-
polstert mit einigen Pfunden zu viel auf den Hüften unterrichtet sie mit Leib und Seele. Über die Jahre wuchs nicht
nur ihr Umfang, sondern auch ihr Selbstbewusstsein – getragen von den positiven Rückmeldungen aus ihren Kursen
oder vielleicht doch eher Ergebnis einer der zahlreichen

Therapien, die sie absolvierte wie andere Menschen ihr Muskelaufbautraining.

Wie dem auch sei: Beate Dickmann gelang es sogar, sich von ihrer unglücklichen Liebe zu befreien und machte von nun an auch ihrem Vornamen alle Ehre. Sie läuft drall und heiter durchs Leben, wäre da nicht Hanna Wolf ...

Die eifrige Volkshochschülerin Hanna Wolf besucht seit einem Vierteljahrhundert regelmäßig von der Feldes Literaturseminar. Als Inkontinenz sie zu plagen begann, half ihr die Beckenbodengymnastik der Volkshochschule. Vor zwei Jahren entdeckte sie die Englischkurse ihres Patenkindes Beate: *English conversation for beginners, Grammar can be fun* und *Early morning tea.* Und da sie mit einer befreundeten Baptistin aus Atlanta per elektronischer Post korrespondiert und ihr Englisch aufpolieren möchte, versäumt Hanna Wolf kein Seminar. Hartnäckig verfolgt sie ihre neue Lieblingsdozentin von Kurs zu Kurs und von Ort zu Ort; denn Beate unterrichtet nicht nur an einer Volkshochschule.

Hanna Wolf ist anhänglicher, als jede Klette es sein könnte. Dagegen hat Beate nichts einzuwenden. Ihr liegt viel daran, dass ihre Teilnehmer wiederkommen, wenn ihnen der Unterricht gefällt. Aber Beate kann Hannas überbordende Energie nicht bändigen. Die Pfarrerswitwe weiß zudem alles besser. Als Kirchengemeinderätin ist sie es gewohnt, sich ständig zu Wort zu melden. Dabei nimmt sie nie ein Blatt vor den Mund. Meist antwortet sie schon, bevor Beate eine Frage gestellt hat. Außerdem quasselt sie mit ihren Kursnachbarn und sagt vor, wenn jemand nicht schnell genug die richtige Antwort parat hat. Mit einem Wort: Hanna Wolf nervt. Sie nervt ihre Mitteilnehmer ebenso wie sie Beate nervt. Aber weil Beate sich nichts anmerken lässt, missdeutet Hanna diese Zurückhaltung als Zustimmung für ihre rege Beteiligung am Unterricht. Folglich nervt sie weiter.

„Ohne meine Wortbeiträge kämen wir doch gar nicht voran", entgegnet Hanna manch leisem Kritiker aus dem Kurs *English conversation for beginners*. Trotzdem oder gerade deshalb bleiben wieder vier Teilnehmer nach den ersten Stunden dem Unterricht fern. Da sie nicht zu Wort kamen, sehen sie sich in Beates Sprachkurs fehl am Platz.

Der Kurs, in dem Hanna die erste Geige spielt, schrumpft zusehends. Doch Beate scheut sich weiterhin, ihrer mundfleißigen Patin Einhalt zu gebieten und schweigt. Sie bringt es nicht übers Herz, der besten Freundin ihrer Mutter zu sagen, dass sie sich zurückhalten müsse. Bei jedem anderen fände Beate klare Worte. – Sie fürchtet, eines Tages ohne Teilnehmer dazustehen.

Ingolf Sänger, ein dynamischer Musikstudent, zeigt sich weniger zimperlich. Obwohl kein Kursabend verging, ohne dass Hanna Quasselstrippe ihm nicht vorlaut in die Parade gefahren wäre, hält er sich die ersten Termine mit aller Gewalt zurück, um einer erhofften Reaktion der Dozentin nicht vorzugreifen und beobachtet lediglich das unsoziale Verhalten der Pfarrerswitwe. Am siebten Abend aber hält er es nicht länger aus. Gerade hatte ihm Hanna Wolf zum wiederholten Male das Wort abgeschnitten und selbst die Antwort auf die Frage gegeben, die Beate Dickmann ihm gestellt hatte. Erst läuft er rosa an, dann wechselt er ins Dunkelrote, bis seine Gesichtsfarbe endlich die Tönung einer überreifen Aubergine annimmt. Gleichzeitig zum Farbwechsel krallt er seine langen sehnigen Finger in die Tischplatte und saugt die Lungen voll Luft. Kurz darauf schießt Ingolf wie ein explodierender Dampfkochtopf und mit ebensolchem Getöse von seinem Stuhl hoch, brüllt: „Das ist ja nicht zum Aushalten. Jetzt reicht's aber!", und fällt erschöpft auf seinen Stuhl zurück. Dann dreht er sich zu Hanna hinüber, die wie alle anderen verstört dreinblickt, und zischt deutlich vernehmbar in bestem *Oxford English*: „Shut up, silly old bitch!"

Das sitzt. Hanna zuckt zusammen, nein sie fällt förmlich in sich zusammen wie ein Käsesoufflee, das man durch ein abruptes Öffnen des Backofens erschreckt hat. Vernichtet schrumpft sie ein und scheint sich in ihre Einzelteile auflösen zu wollen. So hat noch nie jemand mit ihr gesprochen, nicht einmal ihre flegelhaften Konfirmanden, denen sie den Katechismus lehrt. Was bildet sich dieser unflätige Mensch mit seinem blasierten Akzent eigentlich ein? Sie gerät außer sich, und den Tränen nah verschlägt es ihr die Sprache; ein Umstand, der sie zusätzlich verdrießt.

Jetzt muss Beate eingreifen. Ebenso erschüttert über den Ausbruch ihres besten Schülers, den sie bislang für sensibel hielt, denn immerhin studiert er Klavier und Violine an der hiesigen Musikhochschule, schickt sie die Teilnehmer in eine kurze Pause.

„Ingolf, ich verstehe ja Ihren Ärger über Hannas vorlautes Benehmen. Aber Sie können sie doch nicht derart anfahren. Das war sehr ungezogen von Ihnen. Ich dachte, Sie seien ein Gentleman. Bitte entschuldigen Sie sich bei ihr", fordert Beate flehentlich und verleiht ihrem Appell mit einem kurzen, aber heftigen Klaps auf Ingolfs Schulter einigen Nachdruck.

Ingolf nickt zustimmend. In letzter Zeit rastet er häufiger aus. Also stürmt er den anderen Teilnehmern in die Cafeteria hinterher und läuft geradewegs auf Hanna zu. Mit dem Vorsatz, sich zu entschuldigen, sucht er fieberhaft nach geeigneten Worten, die ihm aber so schnell nicht einfallen. Je näher er ihr kommt, desto kürzer wird sein Schritt und desto größer sein Ärger über die Lady, die ihn so aufgebracht hat.

Einige Meter entfernt steht sie, einen Becher *Darjeelingtea* in der einen, ein riesiges Stück *Gingerbread* in der anderen Hand und redet auf eine junge Frau ein. Seinem musikalisch geschulten Gehör verdankt er die Tatsache, dass er jedes Wort versteht. Ihre Fistelstimme allerdings schmerzt in seinen Ohren.

„Meine Liebe, Ihre Aussprache klingt ganz fürchterlich", urteilt Hanna in freundlich pastoralem Plauderton. „Sie müssen unbedingt daran arbeiten."

Kaum hat sie die vernichtende Kritik ausgesprochen, wendet sie sich einem älteren Herrn zu.

„Und Sie, mein Lieber, verwechseln ständig das *Present Perfect Simple* mit seiner Verlaufsform, dem *Present Perfect Progressive.* Im Übrigen tun Sie sich überhaupt mit den verschiedenen Zeitformen schwer."

Sie kann es einfach nicht lassen. Ingolf wurzelt fassungslos mitten im Raum. Einige Zeit bleibt er unbeweglich stehen, bis er sich in der Lage fühlt, auf dem Fuße kehrt zu machen und in Richtung Toiletten zu verschwinden. Die Entschuldigung bei der Pfarrerswitwe entfällt. Auf der Toilette reift sein Entschluss. Dann geht er ins Klassenzimmer zurück, wo die Dozentin bereits auf die Nachzügler wartet.

Die letzten fünfundvierzig Minuten verlaufen ohne besondere Vorkommnisse, sieht man mal davon ab, dass Hanna Wolf sich wieder gefasst hatte und in üblich aufdringlicher Weise den Unterricht mit ihren altklugen Anmerkungen bereichert. Die Mitteilnehmer rollen mit den Augen oder starren geistesabwesend vor sich hin. Ingolf hingegen lächelt beseelt, als lausche er einem Engelschor, der Bachs Matthäuspassion anstimmt.

Endlich verkündet das Klingelzeichen das Ende der Stunde. Die Teilnehmer packen zusammen, und mit einem freundlichen Gruß auf den Lippen verlassen alle das Schulgebäude. Nur Hanna und Ingolf nicht.

Die Pfarrerswitwe zollt ihrem *Darjeelingtea* Tribut und steuert schnurstracks auf den *powder room* zu. Ingolf folgt ihr auf die Damentoilette. Hanna schließt gerade die Tür einer Kabine, als Ingolf den Vorraum betritt. Er nestelt an seinem Rucksack und kramt eine dünne Schnur hervor. Als Musiker hat er immer ein paar Saiten für seine Violine dabei. Er entscheidet sich für die A-Saite. Ingolf bevorzugt wegen seines weicheren Klanges den mit Silberdraht umsponnenen Schafsdarm. Allerdings reagiert die Darmsaite stark auf Temperatur- und Feuchtigkeitsunterschiede – eine Eigenschaft, die ihre nunmehr beabsichtigte Verwendung jedoch nicht beeinträchtigt.

Die Wasserspülung rauscht, und Hanna wird in wenigen Augenblicken die Kabine verlassen. Ingolf stellt sich vor die Tür, und im selben Moment, in dem diese sich öffnet, stößt er Hanna in die Kabine zurück. Mit einem eher erstaunten als ängstlichen Schrei sinkt sie wieder auf die Toilettenschüssel. Ingolf nutzt ihre Verblüffung, strafft die A-Saite zwischen beiden Händen und legt mit dem Schafsdarm eine Schlinge um Hannas faltigen Hals. Mit seinen kräftigen Fingern strafft er die Saite, während er verzückt Chopins *Marche funèbre* summt. Die Pfarrerswitwe fuchtelt verzweifelt mit den Händen, haucht langsam ihr Leben aus und rutscht dabei mit ihrem Hintern tief in die Porzellanschüssel.

Nach getaner Arbeit wickelt Ingolf den mit Silberdraht umspannten Schafsdarm sorgfältig wieder auf und verstaut ihn in seinem Rucksack. Dort stecken auch die anderen drei Saiten, die er für die Bespannung seiner Geige benötigt. Die G-Saite hatte ihm bereits hervorragende Dienste geleistet, als die japanische Violonistin ihm den Platz als Erste Geige im Hochschulorchester streitig machen wollte. Die D-Saite bewies ihre Festigkeit bei der Beseitigung eines lästigen Nachbarn, der sich ständig über Ingolfs nächtliches Klavierspiel beschwerte. Nun muss er nur noch die Verlässlichkeit der E-Saite prüfen.

In freudiger Erwartung pfeift Ingolf das Lacrimosa aus Mozarts Requiem und verlässt den stillen Ort.

Ulmer Fenstersturz
oder Qualles Vermächtnis

Dreizehn Menschen unterschiedlichen Alters brüten eng an eng in dem kleinen Seminarraum im zweiten Stock des Betongebäudes. Der Raum liegt auf der Südseite des Hauses. Wegen des Autoverkehrs auf der stark befahrenen Durchgangsstraße bleiben die Fenster geschlossen. „Sonst verstehen wir unser eigenes Wort nicht mehr", scherzt der blasierte Seminarleiter Hedo von Malchow. Die Teilnehmer zwingen sich mühsam ein verhaltenes Lachen ab.

Mit ungewöhnlicher Kraft sticht die Septembersonne auf das Gebäude herunter und heizt den Raum auf Treibhaustemperaturen hoch. Drinnen flimmert nicht nur die Luft, sondern auch ein Fernsehapparat. Seit drei Stunden starren die Seminarbesucher auf den Bildschirm, während eine Serie nach der anderen an ihnen vorbeirauscht. Schweiß verklebt ihnen die Kleidung, und ihre Gesichter glänzen wie Speckschwarten. Das Seminar geht bereits in die zweite Runde. An drei aufeinander folgenden Wochenenden kommen die Fernsehbegeisterten zusammen und fechten miteinander aus, welche Serie sie bei der Jury einreichen wollen.

„Das Seminar lädt Menschen ein, die sich" – so der Ausschreibungstext des Ulmer Volkshochschulprogramms – „ernsthaft für das Medium Fernsehen interessieren und sich kritisch damit auseinandersetzen wollen. Am Ende der Arbeit steht eine Empfehlung zur Nominierung für den Grimme-Preis, der 1961 vom Deutschen Volkshochschulverband gestiftet wurde und alljährlich in Marl verliehen wird."

Felix sieht seit frühester Jugend fern. Die Eltern – Altachtundsechziger der hartgesottensten Art – diskutierten oft stundenlang mit ihm, welche Sendung er sich ansehen dürfe und welche nicht. Die endlosen Debatten hat er schadlos überstanden, sieht man einmal davon ab, dass er als Siebzehnjähriger die elterliche Wohnung floh und – inzwischen in den eigenen vier Wänden – jede Fernsehserie in sich aufsaugt, die ihm unter die Augen kommt. Der Siegeszug der Privatsender erweiterte sein Repertoire in dem Maße, in dem er die Zeit verlängerte, die er vor der Glotze sitzt.

Felix lauscht den Ausführungen des Dozenten Hedo von Malchow weniger andächtig als am kühleren Wochenende zuvor. Zwar blüht Felix in der Treibhaushitze auf, aber es gelingt ihm nicht, seine Augen von dem ihm gegenüber sitzenden Mann loszureißen. Dort hockt Georg Qualtinger, eine hünenhafte, unförmige Gestalt. Qualtinger schnauft entsetzlich, bläht dabei in regelmäßigem Rhythmus die Lungen auf und fällt wieder in sich zusammen. Felix sieht deutlich eine pulsierende Qualle vor sich. Vielleicht taucht dieses Bild auch nur auf, weil Qualtinger in der Bäderabteilung der Stadtwerke beschäftigt ist und dort ständig mit dem feuchten Element zu tun hat.

Qualtinger alias Qualle verträgt die Hitze nicht. Schweiß schießt ihm aus allen Poren. Von seiner Stirn bahnt sich das Wasser den Weg zum Wulst oberhalb der Augen. In den Kuhlen der Brauenbögen sammelt sich die salzige Flüssigkeit in zwei kleinen Pfützen. Noch halten die buschigen Augenbrauen den Schweiß zurück. Ungeniert stiert Felix Qualle ins Gesicht. Ein erneuter Versuch, seinen Blick abzuwenden, schlägt fehl. Beide Teiche über Qualtingers Augen sind jetzt bis zum Rand gefüllt. Sie schwappen über und zwei Bäche aus Qualles Schweiß gewordener Transpiration rinnen ihm über die wabbeligen Wangen.

Zu Qualtingers flüssiger Ausdünstung gesellt sich eine gasförmige, die seinen Achseln entweicht und von seinem schweißnassen Hemd nicht aufgehalten werden kann. Während die erste geruchlos der Schwerkraft folgend am runden Kinn zusammenfließt und von dort auf die ausgeblichene Leinenhose tropft, verbreitet die zweite ein stechendes Ammoniakbukett, das Felix entfernt an ranzigen Rahm erinnert. Das Parfüm stürzt nicht gleich einem Wasserfall ab, sondern wabert durch den Raum, findet seinen Weg in die herumsitzenden Nasen und beleidigt die dort zahlreich residierenden Duftknospen der Seminarteilnehmer.

Felix schmeckt das muffige Aroma und weiß sofort, warum er Qualtinger nicht riechen kann. Zusammen mit Freundin Elke führt er einen Frisörsalon und ist eher an Wohlgerüche gewöhnt. Qualles Duftnote bereitet ihm Übelkeit. Und die Übelkeit schlägt um in Ekel, und der Ekel verwandelt sich binnen kurzem in Abscheu: Abscheu gegen diesen teigigen Fettkloß. Hass keimt in Felix auf, nicht nur wegen Qualles penetranten Körpergeruchs, sondern auch weil es ihm nicht mehr gelingt, sich auf das Seminar zu konzentrieren. Dabei möchte er unbedingt wieder mit seinem Tipp so richtig liegen wie in den Jahren zuvor, als alle seine Vorschläge von der Jury nominiert worden waren. *Seine* Sendungen gewannen jedes Mal den Grimme-Preis für die beste Serie.

Felix wurmt es, dass er sich an diesem Samstag verspätet hat und nur noch ein Stuhl direkt gegenüber von Qualtinger frei war. Jetzt muss er auf die schwarzen Haare starren, die diesem aus Ohren und Nase wuchern. Die wulstige Unterlippe hängt schlaff herab und gibt den Blick auf zwei gelbliche Zahnreihen frei, die eher an einen Steinbruch als an funktionsfähiges Kauwerkzeug erinnern.

Während des Unterrichts schweigt sich Qualtinger den Mund klebrig. Kein Wort flieht seine Lippen. Er atmet schwer und transpiriert. Die Kommentare Hedo von Malchows sickern in sein ausgedörrtes Gehirn, aber keine Regung verrät, ob sie dort auf fruchtbaren Boden fallen.

Erst in den Pausen erwacht Qualtinger aus seinem Dämmerzustand und beginnt zu sprechen. Wie ein Vulkan seine glühende Lava schleudert Qualle Qualtinger die angestauten Wörter aus sich heraus. Auf der Suche nach einem Opfer, das er mit seinen Tiraden quälen kann, schäumt in beiden Mundwinkeln Speichel. Stets spuckt er diesen beim Bramarbasieren seinem Opfer ins Gesicht. Anders als bei der tierischen Meduse, die ihre Opfer mit einer wabernden, gallertartigen Masse umschließt, scheint diese menschliche Qualle ihre Opfer nicht nur zu umfließen, sondern gar in sie einzudringen. Qualle eins besteht zu neunundneunzig Prozent aus Wasser, Qualle zwei zu neunundneunzig Prozent aus schwabbeligem Fett.

Beim Menschen verursacht das über die Nesselzellen von Qualle eins abgesonderte Sekret meist einen beißenden Schmerz. Die Haut rötet sich und der Ausschlag brennt wie Feuer. Narben, leichte Verbrennungen und Atembeschwerden sind oftmals die Folge. Kaum anders wirkt Qualle zwei. Zu den Atembeschwerden gesellt sich jedoch Brechreiz. Das erwählte Pausenopfer kann noch so schnell rückwärts stolpern; Qualle schiebt seine schwammigen Fettmassen bis auf wenige Zentimeter heran und saugt sich an ihm fest. Er malträtiert sein Opfer mit seinen sprachlichen Ergüssen, und der Brodem, der ihn umgibt, foltert auf zusätzlich grausame Weise. Am vergangenen Wochenende erlitt Regina König, auf die sich Qualtinger in der Pause gestürzt hatte, einen Kreislaufkollaps.

Georg Qualtinger besucht regelmäßig öffentliche Veranstaltungen. Er überfällt seine Opfer bei Ausstellungseröffnungen des Kunstvereins ebenso wie bei Vorlesungen der Universität, die er als Gasthörer besucht. Erst kürzlich entdeckte er die Volkshochschule für seine Beutezüge.

Qualle schleicht sich von hinten an sein Opfer, schießt einer Kobra gleich mit seinem Kopf von schräg oben darauf zu und schiebt es rückwärts immer dichter an die Wand, an der es endlich kleben bleibt. Sofort umspinnt er sein Opfer mit Wortfäden, die pausenlos aus seinem Mund hervorquellen wie die Spinnfäden einer Tarantel aus ihrer Afterdrüse. Es gibt kein Entrinnen. Auch wenn das Opfer zurückweicht, bleibt Qualle mit seinen Spinnweben an ihm haften, saugt sich mit unsichtbaren Tentakeln fest und spritzt ihm seinen lähmenden Geifer ins Gesicht. Der Wortschwall, der auf das Opfer einstürzt, ist so dicht, dass kein Raum für ein Gespräch bleibt. Qualle drischt zungenfertig auf sein Opfer ein. „Ja, ja" oder „gewiss" oder „wenn Sie meinen" sind die jämmerlichen Ansätze, mit dem das Opfer krampfhaft die Logorrhö – den Wortdurchfall – der Qualle einzudämmen versucht. Dieses Unterfangen scheitert kläglich.

Genauso plötzlich wie sich Qualle auf sein Opfer wirft, lässt er wieder von ihm ab. Erschöpft und vollgestopft mit

Qualles Worthülsen sinkt es auf einen Stuhl und ringt nach Luft.

Üblicherweise stürzt sich Qualtinger auf die Referenten oder die Dozenten. Nicht jedoch beim Grimme-Seminar. Hedo von Malchow kann er nicht leiden. Dieser ernährt sich, wie er bei einem ersten Verhör aus ihm herauspresste, nur von Obst und Gemüse. Als Fleischfresser sind Qualle Vegetarier suspekt.

Qualle stürzt sich deshalb auf Mitteilnehmer. Diesmal erwischt es Felix. Qualtinger treibt ihn vor sich her, wie ein Jagdhund einen Hasen hetzt. Felix weicht zurück, immer an der Wand entlang. Doch Qualle wirft sich dem jungen Mann mit seinem fetten Leib entgegen. Immer wieder sieht Felix rechts und links über seine Schultern und sucht verzweifelt einen Fluchtweg. Qualle schwimmt sich durch den Raum. Er rudert mit den Armen, bläht die Backen auf, presst die verbrauchte Luft aus seinen Lungen. Das Wassertier zieht sich zusammen und richtet sich gleich darauf wieder zu voller Größe auf wie Nomura, die Riesenqualle. Felix ringt nach Luft, denn Qualles Odem raubt ihm den Atem.

Kurz vor dem Erstickungstod naht Rettung. Regina König öffnet die Balkontür. Instinktiv findet Felix die Öffnung und entkommt mit letzter Kraft. Er tritt auf den Balkon hinaus und pumpt sich mit glühend heißer, aber frischer Luft die Lungen voll. Erschöpft lehnt er mit dem Rücken an der Brüstung und stützt sich mit beiden Armen ab.

Qualtinger verfolgt Felix auf den Balkon. Ununterbrochen schwadronierend, klebt er wie ein Taucheranzug an Felix fest. Ruckartig zieht die Riesenqualle plötzlich Kopf und Körper ein wenig zurück und sinkt für ein paar Sekunden in sich zusammen. Sofort ergreift Felix die Gelegenheit, dreht sich seitlich weg und springt – noch bevor sich Qualle wieder auf ihn werfen kann – mit zwei, drei Sätzen in den Raum zurück.

Indessen schleudert Qualtinger seinen Schädel wieder auf die Stelle zu, an der bis vor wenigen Augenblicken Felix stand. Aber der unterhält sich inzwischen – drei Meter weiter – angeregt mit dem Dozenten. Der Schwung, mit dem sich Qualle auf Felix stürzen wollte, ist groß. Zu groß, um sich – da Felix nicht mehr an der Brüstung lehnt – zu halten. Ohne festen Widerpart schießt Qualle mit seinem Oberkörper über das niedrige Geländer hinweg, verliert das Gleichgewicht, rutscht wie ein nasser Sack über die Brüstung und stürzt vom Balkon. Sekunden später klatscht die Riesenqualle sechs Meter tiefer auf bayerischen Granit und zerplatzt.

Ein Jahr später nimmt Felix wieder am „Grimme-Seminar" teil. Dieses Mal tippt er gegen jede Gewohnheit auf einen Kriminalfilm, der es ihm besonders angetan hat, nicht nur weil er in einer Volkshochschule spielt. Der Fall beruht – so der Abspann – auf einer wahren Begebenheit. Felix kommt der „Ulmer Fenstersturz" irgendwie bekannt vor.

Schmetterling

Fred spurtet in den Seminarraum und wirft sich auf die letzte freie Matte. Ihm gegenüber hockt eine junge Frau Anfang zwanzig im Schneidersitz und lächelt ihn an. Der Kurs hat bereits begonnen.

„Jetzt kommt der Bhadrasana", verkündet Samuel Mantra und schleudert einen giftigen Kobrablick in Richtung Nachzügler.

Das Wort zergeht Fred auf der Zunge. Er umspeichelt es, schiebt es von der einen in die andere Backentasche, kaut ein wenig darauf herum, um es anschließend genüsslich hinunterzuschlucken. Er behält einen angenehmen Nachgeschmack zurück. Den kurz darauf einsetzenden Schluckauf bringt er nicht mit dem Bhadrasana in Verbindung.

„Jetzt kommt der Bhadrasana – der Schmetterling", wiederholt Samuel Mantra und spreizt sich bei seinen Worten wie ein Pfau.

Die Übung fällt Fred leicht. Er sitzt wie alle anderen Kursteilnehmer auf einer grünen Matte, winkelt beide Beine an und schiebt seine Unterschenkel dicht an die Oberschenkel, bis sich die Fußsohlen auf Höhe des Schambeins berühren. Dann umgreift er, wie vom Dozenten geheißen, seine Füße mit den Händen. Den Rücken hält er aufrecht und gerade.

„Und jetzt bitte mit beiden Beinen wippen. Flattern Sie wie ein Schmetterling im Sommerwind. Diese Asana hält

146

die Hüftgelenke geschmeidig und ist eine ausgezeichnete Vorübung für den Lotus", erklärt Samuel Mantra. „Der Bhadrasana ist auch wichtig für alle, die kreuzbeinig meditieren wollen."

Fred hat nicht die Absicht zu meditieren, und schon gar nicht kreuzbeinig; aber er weiß, dass er beweglich bleiben muss, wenn er mit seinen Schauspielerkolleginnen mithalten will. Seit kurzem versucht er sich in der Kabarettgruppe *Die Ausgeräumten.*

„Fred, geh in dieses Wochenendseminar", hatten ihm seine Mitstreiterinnen empfohlen. „Die Atem- und Körperübungen werden dir zu einer Lockerheit verhelfen, die du für die Arbeit mit uns dringend benötigst."

Warum er aber in einem Theaterseminar meditieren soll, will ihm erst einmal nicht eingehen.

Nach dem Schmetterling leitet Samuel Mantra die nächste Übung ein.

„Der Sonnengruß hilft die Lunge mit Luft zu füllen. Wir atmen aus und halten dabei die Hände vor die Brust. Wir atmen ein und heben dabei die Arme. Die Schulterblätter zusammendrücken!"

Fred lächelt die direkt vor ihm stehende Galina an. Sie lächelt zurück. Im überheizten Seminarraum ragen alle Teilnehmer aus ihren grünen Matten empor wie um Hilfe suchender Spargel.

„Gesäß anspannen und ausatmen! Dabei den Oberkörper über die Knie nach vorn beugen und die Hände neben die Füße legen!"

Galina und Fred sind die einzigen im Raum, die der Sache nicht den nötigen Ernst entgegenbringen. Sie heben den Kopf und schmunzeln. Ihre neue, dem Flirt geschuldete Haltung wirkt eher ver- als entspannend. Beide ähneln in ihrer ungewöhnlichen Stellung einem Vogel Strauß, kurz bevor er den Kopf in den Sand steckt.

„Wir atmen wieder ein, führen das rechte Bein nach hinten, halten den Atem an und ziehen dabei auch das linke Bein zurück. Jetzt atmen wir wieder aus, legen Knie, Brust und Stirn auf die Matte."

„Es sieht aus, als spielten wir den toten Regenwurm", flüstert Fred Galina zu, die wie ein verrücktes Huhn zu gackern beginnt.

„Einatmen, dabei Brustkorb und Kopf heben. Gesäß anspannen, ausatmen, Fersen in den Boden drücken, einatmen, dabei den rechten Fuß nach vorne zwischen die Hände schieben, wieder ausatmen, beide Beine gebeugt nach vorne ziehen, einatmen und dabei mit geradem Rücken aufrichten, ausatmen und Arme senken. Fertig!"

Wie wild gewordene Hornissen schwirren Mantras wortreiche Anleitungen durch Freds Hirn. Undenkbar, dass er den Sonnengruß zu Hause wird wiederholen können. Aber seine Gedanken weilen eh bei Galina, die immer noch gluckst und ihre Augen nach Fred verdreht. Jetzt liegen sie Kopf an Kopf. Ein Umstand, der die Kontaktaufnahme etwas erschwert.

Schon die nächste Übung – eine Partnerübung, die der Dozent zeitlich nicht besser hätte einrichten können – bringt sie einander näher. Die gegenseitigen Berührungen entfesseln wohlige Schauer, als wuselten zwei verfeindete Ameisenvölker über ihre Körper und schlügen grausame Schlachten. Der Pausengong beendet vorzeitig das Gemetzel und verhindert gerade noch rechtzeitig, dass sich Fred und Galina unkeuschen Liebkosungen hingeben.

Sie rappeln sich auf und hüpfen zur Mittagspause in die Cafeteria im Erdgeschoss der Volkshochschule.

„Sag mal, Fred", fragt Galina, nachdem sie sich einander vorgestellt haben, „wie kommt es, dass du ausgerechnet ein Yogaseminar mitmachst? Irgendwie bist du nicht der Typ dafür."

„Wieso Yoga?", fragt Fred irritiert. „Ich denke wir sind in einem Theaterworkshop."

„Theaterworkshop? – Du Witzbold!", prustet Galina los. „Nein, wir machen Yoga. Hast du das noch nicht gemerkt? Hallo, Asanas – das sind Yogaübungen. Der Theaterworkshop findet im ersten Obergeschoss statt. Das steht auf dem Aushang neben der Treppe."

„Ach herrje. Da bin ich in meiner Eile glatt ein Stockwerk zu hoch gestiegen. Ich habe mich schon gewundert, wozu so viele Entspannungsübungen gut sein sollen. Ein Glück, dass ich den Dozenten nicht gefragt habe, wann endlich die Improvisationen kommen. Das wäre doch peinlich geworden."

„Ha ha, das ist zu komisch! Und jetzt? Was machst du jetzt? Bleibst du bei uns Yogis?", gurrt Galina und kippt ihren Kopf ein wenig zur Seite wie ein frisch verliebtes Täubchen. Fred neigt seinen Kopf ebenfalls zur Seite und strahlt die junge Frau mit seinen blauen Augen an.

„Ja, ich glaube, ich bleibe bei dir … äh … bei euch, meine ich."

Täubchen Galina errötet und schlägt die Augen nieder. Sie tupft die Brotkrumen, die vor ihr auf dem Tisch liegen, mit dem Zeigefinger auf und leckt ihn gedankenverloren ab. Als sie ihren Kopf wieder hebt, sieht sie in Freds Augen. Er strahlt sie immer noch an. Auf seinen Wangen prangen rote Flecken. Seine Finger wandern ebenfalls auf der Suche nach

Krümeln über die Tischplatte. Ihre Hände turteln miteinander und vollführen einen drolligen Tanz. Sie springen in die Höhe und tragen Scheinkämpfe aus. Fred und Galina füttern sich gegenseitig mit den immer knapper werdenden Brotkrumen. Sie glucksen wie zwei Vögel auf der Balz.

„Ein starker Rücken kann oft entzücken", ruft Samuel Mantra seinen Yogis zu, als sie wieder im Entspannungsraum versammelt sind.

„Willkommen im zweiten Teil unseres Yoga-Workshops. Die folgende Übung heilt den durch langes Sitzen geschundenen Rücken und ist geeignet, die Muskulatur, die das Rückgrat umgibt, zu modellieren. Wir legen uns bäuchlings auf die Matte. Die Stirn berührt den Boden."

Nur widerwillig fügen sich die frisch verliebten Turteltauben Fred und Galina den Anweisungen Mantras, versuchen sich zu konzentrieren und spielen erneut den toten Regenwurm. Dabei flattern mehr als tausend Schmetterlinge in ihrem Bauch.

„Entspannen Sie sich. Legen Sie nun auch die Handflächen auf Gesichtshöhe flach auf den Boden, winkeln Sie die Arme an und legen sie eng an den Körper. Jetzt langsam die Schulterblätter nach hinten bewegen und den Kopf sachte anheben."

Gleichzeitig heben Fred und Galina ihre Köpfe und lächeln sich an.

„Immer weiter anheben, so lange, bis Sie ein leichtes Ziehen im Rücken bemerken. Halten Sie diese Position. Je länger Sie dem Ziehen im Rücken widerstehen, desto mehr werden Ihre Rückenmuskeln gestärkt. Denken Sie daran, was für eine tolle Aura Ihnen eine wohlgeformte Rückenpartie verschafft und welche Lasten Sie Ihrem Körper damit nehmen."

Der letzte Satz Mantras war zu viel für Fred und Galinas derzeitigen Gemütszustand. Lauthals platzt das Lachen aus ihnen heraus und sie plumpsen auf die Matten. Wütende Blicke des Dozenten vertreiben die beiden aus dem Raum.

Sie verpassen den Auftritt der alten Dame, die am anderen Ende des Raumes auf ihrer grünen Matte liegt. Kurz nachdem die beiden sich getrollt haben, fängt Fräulein von Beilhartz zu schnarchen an. Sie zersägt mit ihrem tiefen Bass und dem scheppernden Geräusch einer altersschwachen Kettensäge meterdicke Baumstämme.

Zuerst kichern nur wenige Yogis, dann immer mehr, bis zuletzt der ganze Saal vor Lachen bebt. Auch Samuel Mantra kann nicht mehr an sich halten. Der Boden vibriert, und die Yogis hüpfen wie kleine Lachsäcke auf ihren Matten herum. Die alte Jungfer schrickt aus ihren indischen Träumen hoch und schaut verdutzt in lauter glückliche Gesichter.

Lachyoga mag auf ähnliche Weise entstanden sein. – Fred und Galina eilen derweil an einen anderen Ort, um ungestört das Kamasutra zu üben.

Auge um Auge

Frankfurt, 6. November 2009

Liebe Schwester, mein Spitzhörnchen,

seit drei Monaten lebe ich jetzt in Deutschland, aber beinahe wäre alles schief gegangen. Der Mann, bei dem ich wohne, war ganz erschrocken, dass ich Deutsch spreche. Ich habe ihm gesagt, dass ich es am Goethe-Institut in Bangkok gelernt habe. Es gefiel ihm ganz und gar nicht, dass ich seine Sprache spreche. Er wurde sehr wütend und wollte mich sogar zurückschicken. Das verstehe ich nicht. Er sollte doch froh sein, dass ich mich verständlich machen kann. Es dauerte eine ganze Weile, bis er sich beruhigte und den Vorteil einsah.

Ob er mir helfen wird, eine Arbeit zu finden? Ich hoffe es sehr. Der Mann ist klein und dick und hat rote Haare. Er ist wirklich keine Schönheit. Und sein ganzer Körper ist voller roter Flecken. Man sagt Sommersprossen dazu. Außerdem wachsen ihm überall Haare: an Armen. Beinen, Bauch und Rücken. Er sieht aus wie *Miran,* der Orang Utan aus dem Zoo in Bangkok. Der hat auch so ein rotes Fell und ist kugelrund wie der kleine Mann mit den großen Ohren und der dicken Nase.

So, mein Spitzhörnchen, jetzt muss ich den Stift weglegen und in der Küche *Backesgrumbeere* zubereiten. Das ist ein sehr salziger Kartoffelauflauf mit Speck, Wein und saurer Sahne – ein ganz seltsames Essen. Es liegt schwer im Magen. Aber der Mann, der mich nach Deutschland geholt hat, isst es sehr gern. Er hat mir ein Buch gekauft, in dem viele Rezepte stehen, die mir gar nicht schmecken.

Hier in Deutschland kann man ohne Uhr nicht leben. Zeit ist ganz wichtig. Punkt sechs Uhr abends kommt der Mann nach Hause, und dann muss das Essen dampfend auf dem Tisch stehen. Er hasst lauwarmes Essen. Einmal, als es nicht so heiß war, wie er es mag, wurde er sehr wütend und hat mich angeschrien. Ich dachte schon, er würde mich schlagen. Aber das hat er zum Glück nicht getan, weil ich mich sofort entschuldigte und das Essen wieder aufwärmte.

Pass auf dich auf, mein Spitzhörnchen, und bleib gesund, denk an mich und schick mir Sonnenstrahlen. Grüß bitte unsere liebe Mutter Mae und alle Geschwister von mir.

Deine Schwester Tamika

Frankfurt, 25. Dezember 2009
Liebe Malee, mein Spitzhörnchen,

vielen Dank für deinen Brief. Unsere Mutter sollte wirklich nicht so viel arbeiten. Ich hoffe, bald eigenes Geld zu verdienen, um euch welches schicken zu können. Wie Deutschland aussieht, willst du wissen? Das ist schwer zu sagen.

Die Stadt ist groß, grau und neblig. Hier haben Bäume und Sträucher im Winter keine Blätter. Blumen gibt es nur abgeschnitten in Blumenhäusern zu kaufen, und die sind sehr teuer. Alles ist grau und kalt. Auch die Menschen wirken grau und kalt. Wenn ich beim Einkaufen durch die öden Straßen laufe, begegne ich nur traurigen und griesgrämigen Gesichtern. Sie sehen weg, wenn sie sich begegnen, und gehen aneinander vorbei, ohne sich ein Lächeln zuzuwerfen, wie wir es zu Hause so selbstverständlich tun. Dazu tragen sie graue oder schwarze

Mäntel, in denen sie nicht fröhlicher aussehen. Die Stadt ist überhaupt nicht bunt. Die Menschen sind Riesen und haben sehr große Ohren und Nasen. Schön sind sie nicht. Im Grunde ist hier alles hässlich.

Die Deutschen sind ein rätselhaftes Volk. Immer beklagen sie sich über Dinge, über die wir uns in unserer Heimat nicht aufregen würden. Kürzlich beschwerte sich eine junge Frau an der Kasse im Supermarkt über einen alten Mann, der ihr im Weg stand, weil er nicht schnell genug das Geld abzählte und dann auch noch seine Einkäufe auf den Boden fallen ließ. Ich half ihm, die Sachen in seine Tasche zu packen.

Nur wenn sie über das Wetter meckern, kann ich die Deutschen verstehen. Denn es ist hier wirklich auffällig kalt, und oft ist der Himmel grau, und aus tief liegenden Wolken regnet eisiges Wasser.

Wir feiern heute Weihnachten. In Bangkok habe ich das mal in einem Schaufenster im Fernsehen gesehen, aber in Wirklichkeit ist es noch merkwürdiger. Die Menschen stellen kleine Bäume mit grünen stacheligen Blättern in ihre Wohnungen. Die Blätter piksen ganz fürchterlich. Die Äste werden mit bunten Kugeln geschmückt, und man hängt schmale Silberfäden darüber. Am Schluss setzt man elektrische Kerzen darauf. Wenn es dunkel wird, werden sie angezündet und leuchten hellgelb. Das ist sehr schön. Abends schaltet man den Fernsehapparat ein und sitzt bei Chips und einem Glas Bier davor. Zumindest der Mann und ich machen das so.

Gestern fielen kleine, weiße Flocken vom Himmel. Das sah ganz entzückend aus. Ich war begeistert, aber der Mann lachte mich aus, weil ich das nicht kannte. „Das ist Schnee", sagte er und lachte weiter. Wir gingen gemeinsam nach draußen, und diese Schneeflocken setzten sich ganz sacht wie Watte auf Haare und Kleidung. Ich streckte die Hand aus, um die Wattebällchen zu fangen. Aber sobald sie auf die Haut treffen, schmelzen sie weg und werden zu Wasser. Sie fühlen sich kalt an, ganz sonderbar.

Heute Mittag haben wir die Mutter des Mannes besucht. Die alte Frau wohnt ganz allein in einem kleinen Zimmer weit draußen am anderen Ende der Stadt in einem Haus, in dem nur alte Menschen leben. Der Mann brachte ihr Blumen und eine Tafel Schokolade mit. Aber die alte Frau träumte in einer anderen Welt. Ich glaube, sie hat nicht einmal gemerkt, dass wir sie besuchen. Sie lächelte nur verzückt und wackelte ständig mit dem Kopf. Nach zehn Minuten sind wir wieder gegangen. Ich verstehe nicht, warum seine Mutter nicht bei ihm wohnt und er auch noch sagt, es sei besser so.

Jetzt muss ich wieder kochen. Ich darf zur Feier des Tages etwas Thailändisches zubereiten. Ich bin gespannt, ob es ihm schmecken wird. Ich habe ihm versichert, dass man das Gericht sehr heiß isst.

Mein Spitzhörnchen, grüße mir alle meine Freunde, die Geschwister und Mae. Ich schicke dir eine Postkarte mit den kleinen weißen Schneeflocken.

Deine Schwester Tamika

Frankfurt, 28. Januar 2010
Liebe Malee, mein Spitzhörnchen,

bei euch mag es zwar schön warm sein, aber hier ist es wirklich fürchterlich kalt. Heute sind wir mit dem Auto an den Stadtrand gefahren. Dort besitzt der Mann, bei dem ich wohne und den ich inzwischen Eberhard nennen darf, einen Garten. Es gibt da nicht nur einen Garten. Dutzende kleiner Gärten liegen dicht an dicht und sind immer durch Zäune aus

Draht voneinander getrennt. Über einen schmalen Weg gelangt man von der großen Straße zu den Gärten. In jedem Zaun ist eine Tür eingebaut, durch die man auf das Grundstück kommt. Fast alle Gärten sehen gleich aus.

Weil es so kalt geworden ist, muss Eberhard manche Pflanzen mit Strohmatten vor dem Erfrieren schützen. Sie würden sonst eingehen. Auf einem Beet hat er im letzten Jahr Rosenstöcke gepflanzt. Die sind äußerst empfindlich. Deshalb hat er sie besonders dick mit Stroh umwickelt. Ich freue mich schon darauf, wenn sie im Sommer blühen werden.

Heute habe ich einen Gartennachbarn kennen gelernt. Er sieht gut aus und ist jünger als Eberhard. Auch seinen Garten pflegt er sorgfältiger. Eberhard schien nicht begeistert, als Ralph, so heißt der Nachbar, uns ansprach. Aber er wollte den Tee, den Ralph uns anbot, dann doch nicht ausschlagen. Und so saßen wir ein Stündchen im selbst gebauten Steinhäuschen des Nachbarn und tranken Jasmintee, während Eberhard ein Bier nach dem anderen in sich hineinschüttete. Den kleinen Ofen befeuert Ralph mit Holz, und so hielten wir es in dem winzigen Raum gut aus. Ralph sprach ganz liebevoll von seinen Pflanzen und bot Eberhard an, ihm beim Beschneiden seiner Rosen zu helfen. Ralph ist so lebhaft wie ein kleiner brauner Katzengecko, aber weniger scheu.

Eberhard gab widerwillig zu, von Rosen keine Ahnung zu haben. Im Herbst hatte er wohl zu viel von den Stöcken weggeschnitten. Der eigentliche Rosenschnitt muss nach dem letzten Frost im Frühjahr erfolgen, meinte Ralph. Bis dahin ist noch etwas Zeit. Eberhard sagte, dass seine Rosen nicht nur schön aussähen, sondern auch duften würden. Sie heißen Bangkok Mai Tai, sagt Ralph. Ist das nicht witzig, dass er Rosen mit solch einem Namen gepflanzt hat, als er mich noch gar nicht kannte?

Mein Spitzhörnchen, das Essen köchelt schon lange vor sich hin. Es geht auch wieder auf sechs Uhr. Eberhard mag leider kein thailändisches Essen. Die Sauce ist ihm zu scharf. Als ich ihn zu Weihnachten damit überraschte, brannten seine Zunge und sein Mund gleich wie Feuer, und das obwohl ich nur eine einzige Chili verwendet hatte. Er ohrfeigte mich und schüttete das ganze leckere Essen weg. Deshalb koche ich jetzt nur noch aus dem Kochbuch *Hessenland* und immer wieder seine salzigen *Backesgrumbeere*.

Ich liebe dich, mein Spitzhörnchen, und hoffe, bald wieder von dir zu hören. Grüße bitte alle Verwandten und gib Mae einen dicken Kuss von mir.

Deine Tamika

Frankfurt, 28. März 2010

Mein Spitzhörnchen, liebe Malee,

warum musste ich nur so lange auf eine Nachricht von dir warten? Wir hatten doch vereinbart, dass ich immer erst schreibe, wenn ein Brief von dir angekommen ist, damit sich die Briefe nicht überschneiden.

Ich bin froh, dass sich Mae von ihrer Krankheit erholt hat und wieder bei Kräften ist.

Hier hat sich auch eine Menge ereignet. Ralph, der Gartennachbar – du erinnerst dich –, hat Eberhard überredet, einen Rosenschnittkurs zu besuchen. Solche Kurse kann man in einer Abendschule machen. Die Schule heißt Volkshochschule, aber sie ist keine wirkliche Hochschule, sondern jeder kann dort Kurse belegen, egal ob er einen Schulabschluss hat oder nicht. Dort werden ganz viele verschiedene Dinge angeboten. Man kann sogar Sprachkurse besuchen. Eberhard meint aber, dass mein Deutsch ausreicht. Er möchte nicht, dass ich noch mehr lerne. Das finde ich schade. Immerhin darf ich ihn in den Rosenkurs begleiten. Er hat bemerkt, dass ich mit Pflanzen umgehen kann. Wir erfahren viel über diese Königin der Blumen, wie die Deutschen die Rose nennen. Mir fallen die vielen Fachausdrücke ein bisschen schwer, aber bei der praktischen Arbeit stelle ich mich recht geschickt an. Das meint zumindest Ralph. Er ist übrigens der Mann, der den Kurs gibt und uns alles beibringt. Die Triebe werden kurz über einem nach außen zeigenden Auge, einem rötlichen Punkt in der Rinde, abgeschnitten. Beim Schnitt setzt man die Schere auf Höhe der Knospe an und schneidet schräg nach oben von der Knospe weg. Hab ich nicht gut aufgepasst?

Die Tage sind etwas wärmer geworden, und am nächsten Wochenende gehen wir mit dem Kurs in die Kleingartenanlage und werden im Lehrgarten der Volkshochschule an echten Rosenstöcken üben. Darauf freue ich mich sehr.

Grüß Mae ganz lieb von mir und alle, die mich kennen. Mae soll auf sich aufpassen und nicht immer im Regen umherrennen. Auch bei warmem Wetter kann man sich erkälten.

Es küsst dich deine Schwester Tamika

Frankfurt, 8. April 2010
Liebe Malee, Spitzhörnchen,
jetzt muss ich dir ganz schnell schreiben, ohne deine Antwort auf meinen letzten Brief abzuwarten. Womit soll ich nur anfangen? Es ist so schrecklich viel passiert. Ich habe dir doch geschrieben, dass wir am ersten Aprilwochenende mit dem Volkshochschulkurs zum Rosenschnitt in die Kleingartenanlage fahren würden. Aber Eberhard wurde so krank, dass er mit einer schweren Erkältung und hohem Fieber das Bett hüten musste. Erst wollte er gar nicht, dass ich allein gehe. Dann

meinte er aber, es wäre besser, ich ginge hin, denn der Kurs habe ihn schließlich viel Geld gekostet und jetzt, wo gezeigt würde, wie man Rosen richtig schneidet, wäre der Kurs umsonst gewesen, wenn man das nicht mitmacht. Also fuhr ich allein mit der Straßenbahn zu den Gärten hinaus. Alles hat prima geklappt. Die Sonne schien, und Ralph, der Katzengecko, lobte mich wieder für mein geschicktes Händchen. Ich habe Auge um Auge des Rosenstocks, den ich zurückschneiden durfte, gut getroffen. Du weißt ja, wie sehr ich Pflanzen liebe. Leider wachsen hier keine Orchideen und keine Wasserhyazinthen. Nach zwei Stunden waren wir fertig, und dann bin ich mit Ralph in Eberhards Gärtchen gegangen. Ich wollte das, was ich gerade gelernt hatte, an seinen Rosen ausprobieren. Der Schuppen, in dem die Werkzeuge aufbewahrt werden, war leider abgeschlossen. Aber Ralph half mit seiner eigenen Gartenschere aus, und so habe ich die Rosen richtig gut beschnitten. Ralph meinte noch, dass die Erde auf dem Beet viel zu fest gestampft sei. Der Boden müsste etwas gelockert werden, und Eberhard würde seine große Freude haben, wenn er wieder in den Garten käme und sähe, wie schön alles geworden sei.

Ach Malee, mein Spitzhörnchen, es war so furchtbar! Wir haben mit Ralphs Spaten angefangen, den Boden umzugraben und dabei sind wir auf eine Plastikplane gestoßen. Eine Teichfolie, sagte Ralph. Die hätte in der Erde nichts zu suchen. Der Teufel wisse, wie sie ins Beet gelangt sei. Wir gruben und gruben, und du kannst es dir nicht vorstellen; wir mussten sogar einen Rosenstock ausgraben, um an die Plane zu gelangen. Aber sie ließ sich nicht herausziehen. Ralph wurde ganz nervös. Er wollte ja nichts kaputt machen. Aber diese Plane hatte in dem Beet wirklich nichts zu suchen. Und dann entdeckten wir sie. Malee, in die Plane gewickelt lag eine ... es lag eine Leiche in der Plane. Mir wurde ganz übel, und ich musste mich übergeben. Ralph wurde bleich: Mit zitternder Hand zog er sein Mobiltelefon aus der Tasche und rief die Polizei. Wir setzten uns in Ralphs Steinhäuschen, und er flößte mir heißen Tee mit Rum ein, um mich zu beruhigen.

Kaum hatte ich den Tee getrunken, kam die Polizei. Männer in weißen Overalls spannten mit rotweißen Bändern Eberhards Garten ab. Sie gruben die Plane mit der Leiche aus. Es sei eine Frau, sagten sie, eine Frau mit langen schwarzen Haaren. Ich musste sie mir anschauen. Ralph auch. Sie war noch nicht völlig verwest. Aber eine Hälfte ihres Gesichts war zertrümmert, die andere Hälfte unversehrt. Sie muss sehr schön gewesen sein. Ralph hatte Tränen in den Augen, als er die Frau erkannte. Es sei Mai Tai, sagte er, eine junge Frau, die Eberhard einmal mit in den Garten gebracht habe. Nur einmal sei sie da gewesen. Sie habe kein Wort Deutsch gesprochen. Er habe sie nie wieder gesehen.

Die Polizei fuhr zu Eberhard und verhaftete ihn. Ralph und ich wurden am nächsten Tag vernommen, und man sagte uns, dass Eberhard gestanden hätte, die junge Frau getötet zu haben. Sie hätte ihm immer nur lauwarmes Essen vorgesetzt ...

Grüße Mae ganz lieb von mir. Aber erzähle ihr bitte nichts von dem, was ich dir eben geschrieben habe. Ich möchte nicht, dass sie sich ängstigt. Ich kann bei Ralph bleiben, bei meinem Glücksbringer, dem braunen Katzengecko ...

Deine Schwester Tamika